そうか、君は
カラマーゾフを
読んだのか。

仕事も
人生も成功する
ドストエフスキー
66の
メッセージ

亀山郁夫

小学館

はじめに

限りある命というレールの上を歩み続ける旅人、それが人間である。途上では、様々な感情との「出会いと別れ」が待ち受けている。喜び、怒り、哀しみ、楽しみ、愛《いつく》しみ、悪《にく》しみ……。なぜ人は人生という旅を続けるのか。この問いに対する答えは難しい。私なら、声を潜めつつも、こう答えるだろう。生きる喜びを味わいたいからだ、と。では、その喜びの最たるものとは？　やはり小声で答える。大なり小なり成功を収めることだ、と。

思うに、人生には、いろんな成功がある。学業、就職、結婚、出世……。成功への願いなくして人は生きられない。そして今、これらすべての成功に役立つ万能な「処方箋」はあるのかと問われたなら、敢えて「ある」と答えたい。それは知性と教養だ。むろん、成功に運は欠かせないが、知性と教養は運を引き寄せる力にもなる。そして、知性と教養の頂の一つに立つのが、ロシアの文豪フョードル・ドストエフスキーの文学なのだ。

歴史上、ドストエフスキーファンを公言した偉人たちは枚挙にいとまがない。物理学者アルベルト・アインシュタイン、精神分析学者ジークムント・フロイト、日本では映画監督の黒澤明、漫画家の手塚治虫、ノーベル文学賞作家の大江健三郎ら。ここ数年、毎年のようにノーベル文学賞の有力候補に挙がり、世界中で人気が高い村上春樹もその一人。村上は「偉大な作家ですね。ドストエフスキーを前にすると、自分が作家であることがむなしくなってきます」と評し、四度も読んだという『カラマーゾフの兄弟』に対しては、「いちばんすごい本というと、この『カラマーゾフの兄弟』をあげないわけにはいかないと思います」と書いているのだ（『スメルジャコフ対織田信長家臣団』より）。

驚くほどリアルなタッチで描かれた人間模様

私は過去十年以上、ドストエフスキーの翻訳に携わりつつ、種々の分野のリーダーたちと言葉を交わす機会をもつ中で、ある驚くべき発見に辿りついた。彼らの中には、ドストエフスキー作品を読み漁り、それらに魅了された経験をもつ人が少なからずいるということだ。とくに隠れたカラマーゾフファンの多さには目を見張らされた。彼らは、カラマーゾフから精神的なエネルギーを汲み上げ、その経験の深さによって後進の指導者や若者たちを勇気づけてきたのだ。

ではなぜ、百年以上も前に書かれたドストエフスキーの作品が、今の時代においても、これほど色褪せないのだろうか。それは彼が、ほかのどの作家にもまして人間の心のメカニズムに通じ、そこで得た洞察力を糧として小説を書き続けたということに尽きる。

顧みるに、ドストエフスキーの人生そのものが異常だった。世界広しといえど、父親を殺害され、自らは死刑宣告を受けるといった数奇な運命を辿った作家は、ほかにいないのではないか。彼は、まさに、わが身と心の傷を原稿用紙に擦りつけるようにして小説を書き続けた作家なのである。

ドストエフスキーの作品には、誰一人、私たちに無縁な人物は登場しない。絵空事のようなロマンスも描かれない。地下室にひきこもり、自らの肥大した観念を呟き続ける小役人(『地下室の手記』)、選民思想にとらわれ、二人の女性を殺す貧しい元大学生(『罪と罰』)、突然の大金を手にし、その金で愛する女をわがものにしようとして自滅する商人(『白痴』)、限りない優しさをもちながら、その魅力に吸い寄せられた人々を破滅させ、自らも自殺し果てる悪魔的な美青年(『悪霊』)、一人の美しい女と金をめぐって父親と骨肉相食《は》む戦いを繰り広げる息子(『カラマーゾフの兄弟』)――。ロマンティックな恋、ハッピーエンドで終わる恋がないかわり、経験豊かであればあるほど味わい深い人間模様が、驚くほどリアルなタッチで描かれている。読者一人一人に、「自分もそうだ」と思わせてしまうところに、ドストエフスキー作品の醍醐味がある。

神と悪魔が戦っている。その戦場こそ人間の心

何をさしおき、ドストエフスキーの文学に真の現代性を約束しているのは、「金」のテーマである。極貧暮らしの青年に忍び寄る選民主義の狂気、逆に莫大な金を手にしたことから生じる不条理な欲望。ドストエフスキー自身、三兄弟の中でもっとも浪費欲が激しく、「金を使い切ること」に不気味なほどの執着を見せた男だった。とりわけ地主だった父親が農奴によって殺された後は、領地の管理者からの仕送りを湯水のごとく使った。流刑地から戻ると、狂ったようにギャンブルに明け暮れ、事業を興しては失敗し、莫大な借財を抱えたこともある。

だが、そんなドストエフスキーもまた時代の落とし児だった。十九世紀後半のロシアは、資本主義勃興期に固有の拝金主義が横行し、一握りの富裕層と圧倒的多数の貧困層との間に不気味な亀裂が生じはじめた時代である。ドストエフスキーは、私たちの世界を動かす金の力を、全能の神として物語中で機能させ、人間の喜怒哀楽が生み出すドラマをそこに二重写しにしていた。

『カラマーゾフの兄弟』に、「美の中では神と悪魔が戦っている。そして、その戦場こそ

は人間の心なのだ」との一文があるが、美に限らず、人の心の中では常に、「神と悪魔が戦っている」。これこそは、人間の根源的な状況を浮き彫りにする言葉ではないか。

この一言はまた、売上げ目標やノルマに追われ、時には倫理を欠いた行動に及んでしまう現代ビジネスパーソンにとっても、大いに示唆に富んだ言葉である。カラマーゾフが彼らを引きつけてやまないのは、ありとあらゆるビジネスに通じる真理と含蓄に富んでいるからだろう。

私たちは今、コンピュータやスマートフォンを通して日々、小さな万能感を経験している。しかし現実は、その万能感とはまるで裏腹な、厳しい試練の連続である。その断絶をどう乗り越え、生き抜いていくのか。今、私にできるのは、偉人たちに愛されるカラマーゾフの世界を紹介し、時代を生き抜くパワーを伝授することだけだ。

本書が、困難な時代を生きるささやかな糧となれば幸いである。

目次

『カラマーゾフの兄弟』主な登場人物

イワン

カラマーゾフ家の次男。フョードルの後妻との子。大学で工学を学んだ知的青年。合理的で、シニカルな無神論者だが、正義漢でもある。

フョードル

殺害されるカラマーゾフ家の主。無一文から身を起こし、ひと財産を築く。道化じみた立ち居振る舞いをし、酒と女をこよなく愛する。

アリョーシャ

カラマーゾフ家の三男。本名アレクセイ。イワンと同じ後妻との子。みなに愛される清純な性格。修道院で暮らし、ゾシマ長老を敬愛。

ドミートリー

カラマーゾフ家の長男。フョードルの先妻との子。元将校で、フョードル同様、放蕩《ほうとう》で激情的な性格だが、高潔さと正直さを併せ持つ。

スメルジャコフ

カラマーゾフ家の使用人、料理人。実父はフョードルとの噂もあり、同家の使用人夫妻に育てられる。イワンの無神論に心酔している。

グルーシェニカ

奔放で妖艶な美女。フョードル、ドミートリーの二人を虜にする。かつては純粋で一途な一面があり、婚約者に捨てられた過去もある。

ゾシマ長老

町の修道院の長老。慈愛に満ちた高徳の人物で、アリョーシャの心の師。町中の尊敬を集めていたが、死後、その遺体に事件が起きる。

カテリーナ

ドミートリーの婚約者の令嬢。容姿に恵まれ、自尊心も高いが、父の起こした事件で彼に助けられたため、恩義に報いようとしている。

『カラマーゾフの兄弟』あらすじ

物語は、カラマーゾフ家の「父と三人の息子たち」の間で複雑に絡み合う人間模様や、二人の美女をめぐる愛憎劇などを中心に描かれる。

ロシアの田舎町に居を構える地主フョードル・カラマーゾフには、先妻との子である長男ドミートリーと、後妻との子である次男イワン、三男アレクセイ（アリョーシャ）の三人の息子がいる。このほか、カラマーゾフ家には料理人として仕えるスメルジャコフらが住み込む。スメルジャコフの実父はフョードルという噂もあった。

物語は主に、父フョードルの殺害とその犯人捜しをめぐって展開していく。豪放磊落《ごうほうらいらく》かつ直情的な性格のドミートリーは、遺産相続や妖艶な美女グルーシェニカをめぐって父と激しく対立。ところが、彼には婚約者カテリーナがおり、金銭的な負い目もあって婚約を破棄できずにいた。

理知的で無神論者のイワンは、そのカテリーナに思いを寄せるが、彼女を冷たくあしらう腹違いの兄に強い憤りを覚える。優しい性格で誰からも愛されるアリョーシャは、町外れにある修道院で修行をつみつつ、彼らの仲裁に入る。アリョーシャはゾシマ長老を敬愛してやまないが、ゾシマの死後、彼の遺体をめぐる事件に激しく動揺してしまう。

殺害されたフョードルの遺体が発見されると、真っ先にドミートリーに嫌疑がかかった。二人が共にグルーシェニカを愛していたことに加え、父親と激しく喧嘩する様子が何度か目撃されていたからだ。ドミートリーは逮捕され、一貫して無罪を主張するが受け入れられない。

裕福なカテリーナは、ドミートリーを犯人と考えていたが、裁判では減刑を望み、弁護士をつける。一方、フョードルの死後、ドミートリーと愛し合う仲になったグルーシェニカと、心優しいアリョーシャは、ドミートリーの無罪を信じて疑わない。

これに対して、イワンは当初、兄の犯行を確信していたが、自分に心服するスメルジャコフとの面談を通して、思いもかけない結論に辿りつく。だが、裁判の行方の鍵を握るスメルジャコフが判決前に自殺してしまい、彼に多大な影響を与えていたイワンも、罪の意識から発狂していく。愛と憎しみ、悲しみ、喜びなど、様々な感情が絡み合う中、運命の判決が下される。

楽　愛　悪

に努めよ

喜 怒 哀

第一章

喜びの発見

01

「人を愛するものは、人の喜びをも愛する」

ドストエフスキーは、どこまでも引き裂かれた人間である。愛と憎しみ、喜びと悲しみ。作家として彼は、愛や喜びのもつエゴイスティックな本質に常に冷静な洞察力を働かせてきた。愛する人について、私たちはしばしば自分の都合によいように空想し、時に、愛する人が不幸であればあるほど愛しがいがあるなどといった傲慢な考えに陥りがちである。総じて、人の不幸や悲しみを喜ぶことはできても、相手の喜びを愛することは苦手というのが、人間の本性らしい。フランスの哲学者ルネ・ジラールに「欲望の模倣」という言葉があるが、ドストエフスキー作品の主人公の多くが、この哲学の犠牲者。「欲望の模倣」とは、単純に「隣の芝生は青い」の意味である。彼らは、他人が欲しがるものを欲しがる不吉な欲望の持ち主なのだ。そこでドストエフスキーは言う。おのれの羨《うらや》みを克服せよ。人の不幸を愛するのではなく、人の喜びを愛せ、と。この言葉には、彼が引き裂かれつつも到達した愛の理想が、そして「無私」の境地が息づいている。

メッセージ

人の不幸や悲しみを喜ぶな。人の喜びこそ愛しよう

02

「惚れ込むってのは
愛するっていうのとは
わけが違うんだよ。
憎みながらでも
惚れ込むことはできるんだ」

ロシア・オムスクの監獄を出て、中国国境に近い町で警備隊に入ったドストエフスキーは、町の税関役人の妻マリアへの恋の虜となり、その役人の死からまもなく彼女を妻に迎えた。この恋を成就できなければ川に身投げする、と公言するほどの異常な惚れ込みようだった。辞書を引くと、「惚れる」とは、「魂を抜かれる」状態を指す。また、「魂を抜かれる」とは、「悪魔がとりつく、憑依《ひょうい》される」状態を意味する。愛は盲目であり、憎しみとの間に分け目はなく、惚れ込んだが最後、運を天に任せるほかない。「魂を抜かれる」ことほど恐ろしいことはないが、逆にそれぐらいの恋ができたら、結果はどうあろうと、生きてきた価値があろうというもの。ただし、惚れられた相手が幸せかどうか、その見極めは欠かせない。スイスの哲学者ドニ・ド・ルージュモンは書いている。「惚れるのは状態であり、愛するのは行為である」と。「状態」は混沌を受け入れるが、「行為」は混沌を受け入れない。

メッセージ

魂が抜かれるほどの恋ができれば
結果はどうあれ幸せである

03

「この世の人はみな、
第一に人生を
愛するべきだと
思うんです」

町の料理屋でイワンと顔を合わせたアリョーシャのセリフ。ロシア語では、人生も生命も等しく「ジーズニ」という言葉で表す。したがってアリョーシャのセリフは、「第一に生命を愛するべきだ」とも訳せる。かつてソ連崩壊期のロシアでは、まともなサラリー（給料）にありつけず、困窮の日々を送る知的エリートたちは、コンピュータ、ドラッグ、アートに救いを求めた。とくにコンピュータは今や多くの現代人にとって一瞬たりとも手放せない生活の必需品である。しかし、パソコンやスマートフォンへの過度の熱中が、人間を生きたドラマから遠ざけつつあることは紛れもない事実。フランスの作家スタンダールは書いた。「愛する人と共に過ごした数時間、数日もしくは数年を経験しない人は、幸福とはいかなるものであるかを知らない」と。いずれ、人生のあらゆる経験をウェブの画面上で実現できる日が来るかもしれない。だが、愛する人のリアルなため息を経験することなく一生を終えるとしたら、これほど悲しいことはない。

メッセージ

人生や生命を第一に愛そう。愛する人との時間を過ごそう

04

「あなたにふりかかる
不本意な辱めを
喜びとともに耐え、
心を乱さず、あなたを辱める者を
決して憎んではいけない」

ドストエフスキーにとって人生最大の試練が、二十八の年に訪れる。逮捕から五か月後の死刑宣告である。幸いにして皇帝による恩赦に与《あずか》り、四年間のシベリア流刑に減刑された。国家反逆罪といえば、いかにもおどろおどろしい響きがあるが、その罪状たるや、現代の基準からすれば不条理としか言いようがないもの。翻って、人は誰しも、一度や二度、いわれのない咎《とが》めや辱めに苦しんだ思い出をもつ。かくいう私も、これまで何度かつらい経験を味わってきた。不当というしかない辱めに対し、密かに復讐を考えたことさえある。しかし、その都度、自制し、耐えた。辱めに耐えることができれば、辱めを与えた人よりも上に立てると考えたのだ。むろん、辱めを「喜びとともに」耐えることは至難の業だったが、逆に耐えることの中から喜びが生まれた。それはほかでもない。人の過ちを許す喜びである。時として沈黙以上に強い威力を発揮する復讐はない。

メッセージ

不本意な辱めにも耐えよう。人の過ちを許す喜びもある

05

街中の料理屋でアリョーシャと差し向かいになったイワンが、持ち前の無神論哲学を滔々《とうとう》と説いて聞かせる場面。悠久の時の流れから見れば、人の一生など芥《け》子《し》粒《つぶ》よりも小さく、人の喜びや悲しみなども、叩き潰される害虫の苦しみと変わらない。だとしたら、この世に生まれ、生き、苦しむことにどんな意味があるのか。イワンと同じ問題に苦しんだ哲学者が古代ローマにいた。『自省録』で知られるマルクス・アウレリウス。彼は、苦しみに対する「平常心」を説き、同時にその哲学がはらんでいる限界に苦しんだ。彼の哲学は、確かに人間にとって一つの理想になりうるかもしれない。しかしそれが、根本の解決策となり得ないことは明らか。なぜなら、苦しみは、やはりどこまでも苦しみだからだ。そこで、一種の対症療法で臨む。自分の生命を輝かせ、喜びの発見に努める、つまり内なる喜びでもって苦しみを解毒するのだ。無神論の哲学を説く一方、粘々した若葉を愛するというイワンの哲学にはひどく人間臭いところがある。

「苦しみはいつか癒えて消えるし
いろんな人間的な矛盾から生まれる
腹立たしい喜劇も
あわれな蜃気楼となって消える」

喜びの発見に努めよう。
苦しみも喜びで解毒できる

メッセージ

06

「太陽が見えなくても
太陽が存在することは知っている。
太陽の存在を知っていることは、
それだけでもう全生命だ」

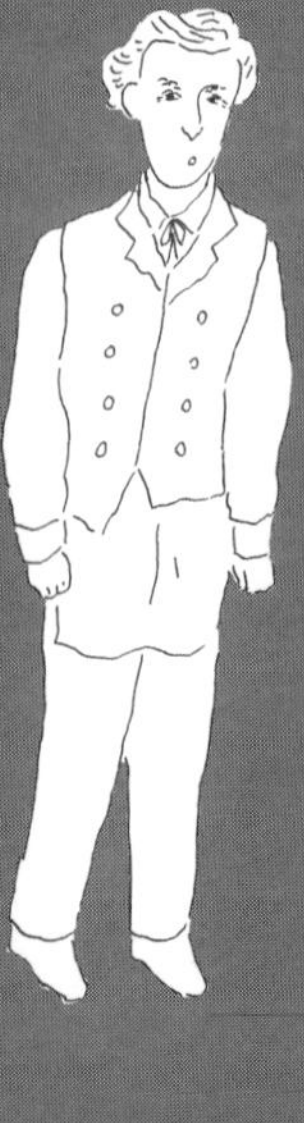

ドストエフスキーに熱中していた大学時代の読書ノートが見つかった。驚いたことに、その余白には、次の一節が英語で書き込んであった。「Behind the clouds is the sun still shining.（雲の彼方には、今も太陽が輝いている）」。アメリカの詩人ヘンリー・ワーズワース・ロングフェローの詩。貧乏学生だった私が、当時、どんな思いでこの一行を書き記したか概《おおむ》ね想像がつく。お金もなければ、恋人もなく、まさに八方ふさがりの苦しい状態で書いたのだ。しかしこの詩は、ドストエフスキーの希望の哲学にダイレクトに通じている。私も太陽に励まされる。冬の一日、真っ青に澄み切った空が広がり、燦々《さんさん》と太陽の光が大地に降り注ぐ。それだけでもう、生きていてよかったと思う。厳しく長い冬を堪え忍ぶロシア人なら、その思いはさらに切実だろう。太陽は希望のシンボルであると同時に、愛のシンボル。心の中に燃えさかる愛は、それだけで「全存在」である。病を、失敗を、恨みを忘れ、前進せよ。生命の力の導くところに身も心もゆだねながら。

メッセージ

病、失敗、恨みを忘れ、生命の力に身も心もゆだねよう

07

「人間存在の秘密というのは
単に生きることにあるのではなく
何のために
生きるのかということにある」

アリョーシャを前にイワンが発する問い――。何のために生きるのか。そもそもこの問いに答えはあるのか。いや、この問いを突きつめることから、どんな未来が開けるというのか。ドストエフスキーファンだった三島由紀夫は、かつて動物園のミナミゾウアザラシの比喩を用いて、小説の存在そのものの不条理なありようについて語ったことがある。しかし、三島にとってミナミゾウアザラシは、むしろ人生そのものの隠喩ではなかったろうか。人は、何のために生きるのか。ドストエフスキーに学んだ私なりの答えを示したい。生きるということは、それ自体が喜びである。病を抱えた人間は、太陽の光、緑の一枚の葉、風のそよぎに感謝の念を捧げる。つまり、生命それ自体がかけがえのない価値をもちはじめる。なぜなら、人間がどう手を尽くそうと、生命をみずからの手で創造することはできないからだ。ここにヒントがある。自然に感謝の念を捧げることで、生命の喜びとじかに触れ合えるのではなかろうか。

メッセージ

自然に感謝の念を捧げれば
生命の喜びと触れ合える

08

「苦しみこそが
人生だからですよ。
苦しみのない人生に
どんな満足が
あるっていうんです」

幻

覚症状に苦しみ続けるイワンが、内なる声との問答に苦しむ場面で辿りつく一つの境地である。まさに苦悩の賛歌――。ドストエフスキーは『地下室の手記』で、歯痛にも快楽があると豪語し、革命運動に邁進《まいしん》する「野太い」連中のヒューマニズムに根本的な批判を加えたが、それ以降、苦悩の賛歌は、終生変わらざる彼の哲学となった。といってもこれは、薄っぺらなマゾヒズム礼賛と一線を画している。試しに問いを出してみる。マラソン選手になぜ走るのか、登山家になぜ登るのかと問うて、功名心です、と答える人はまずいない。そこに道があり、そこに山があるから、という理屈も、さして説得力があるとは思えない。おそらく最もまっとうな答えとは、苦しみと一体となった達成感の欲求ではないか。達成感を求めるからこそ、人は走り、登る。真の満足は苦しみに耐えた時にのみ味わえる。しかしその満足も三日と続かず、四日目にはすでに新たな苦しみを求めてトレーニングを開始している。苦痛から歓喜へ。ドストエフスキー哲学の真骨頂がここにある。

メッセージ

苦しみに耐えた時こそ真の満足が味わえる

09

「子ども時代の、
両親と一緒に暮らした時代の
思い出ほど、
その後の一生にとって大切で
力強くて、健全で
有益なものはないのです」

カラマーゾフ家の兄弟はみな、それぞれに不幸な生い立ちを背負っている。だからこの言葉は、表面的には彼らには当てはまらない。しかし、どこまでも奇っ怪かつ複雑なのが現実生活である。どんなに厳しい環境でも、健やかな子どもが育つし、逆に、幸福そのものに見える家庭にも不幸の芽が潜む。この言葉を読み解くのに、忘れてはならない条件が一つある。それこそは貧しさの共有である。どんなに貧しかろうと、豊かな愛情をもった親がそばにいれば、その子どもの心が闇に閉ざされることはない。私は六人兄弟の末っ子として育った。厳格この上なかった父は、食事の際、箸やお椀の持ち方にまでうるさく注文をつけた。父がいなければと思ったことも何度かあった。長い間、自分はどの家庭よりも不幸な境遇に育ったとひたすら信じ込んできた。ところが今、手元のアルバムに貼られた幼年時代のどの写真を見ても、憂鬱さの影はまったく感じられない。ほかの兄弟たちは、父の優しさを懐かしく思い返してさえいる。

メッセージ

親が豊かな愛情をもっていれば
子が闇に閉ざされることはない

悪　愛　楽

無

無神論者イワンのセリフである。神を信じないからこそ、事物や自然を生々しく経験できるとでも言わんばかりのセリフである。神ではなく自然そのもの、美というよりも肉感。ロシアを一度でも訪ねたことがある人なら、きっと同感してくれるはずだが、極端に言ってロシアには自然しかない。自然がすべてである。ロシアの都市とは、広大な自然にばらまかれた砂粒にすぎない。長い冬の眠りから覚めたロシアの春は、圧倒的な迫力に満ちている。白い雪の下からは黒い地面が浮き出し、白樺の細い枝に若葉が一挙に萌え立つ。まさに死んだ大地が息を吹き返す感じである。そんな自然のダイナミズムに接する人々の心には、自ずと力が湧いてくる。そして日本と同様、ロシアの自然にも、二つの対照的な美しさがある。新緑の美しさと紅葉の美しさ。生命の美しさと死の美しさ。紅葉は誰もが美しいと思うが、新緑の美しさに感動できるのは、繊細な心の持ち主だけだ。それは、生命そのものの美しさだからである。

新緑の美しさに感動できるのは繊細な心の持ち主だけだ

メッセージ

10

「世の中の秩序なんて
信じちゃいないが、
春に芽を出す粘々した若葉が
俺には大事なのさ。
青空が大事なのさ。
時としてなぜかもわからず
好きになってしまう、
そういう相手が大事なのさ」

11

「自然界にはね、
滑稽なものなんて何一つないのさ。
いろんな偏見に
凝り固まった人間たちには
どう見えようとね」

社会主義者を自称する少年が発する言葉。仮に自然界に滑稽に見えるものがあるとしたら、それを見る人間の側に原因があるという。人間だけでなく、自然界の生きとし生きるあらゆるものが、この地球にそれなりの理由があって存在している。哲学者のアーサー・O・ラヴジョイは『存在の大いなる環』で述べている。私たち一人一人の生命は、一万年前に人間が存在していたことの証である、と。至高の存在である神から、単細胞生物に至るまで、私たちが生きている世界は、ありとあらゆる階層と系統にわたる大小の存在に満たされている。それらを結びつけているのが、生命という「大いなる環」。一見、塵芥《じんかい》にすぎない自分たちの生命を粗末に扱い、自堕落に生きるか。それとも、この世に生きてある事実を奇跡として受け止め、深い感謝の思いの中で人生を全《まっと》うしようとするか。答えは明らかだ。未来に向かって自分を投企する姿勢こそ大切である。

メッセージ

生きてある事実を奇跡と受け止め
深い感謝の中で人生を全うしよう

会に怒れ

喜　怒　哀

第二章

理不尽な社

12

「やむにやまれず危険を冒すってことがあるだろう。運命への挑戦、無限への挑戦ってものが！」

ドストエフスキーは無類のルーレット好きだった。ドイツのカジノで無一文となったぎりぎりの状態で、古今の名作『罪と罰』は生まれた。かくいう私も、かつて一枚のガラス板を隔てた騒々しい遊技に熱中し、わずかな貯金をすべて失った経験がある。この経験から栄枯盛衰の哲学を学んだ（笑）。思うに、長い人生では、一か八かの賭けに出ざるを得ない状況に置かれることが何度かある。結婚が最大のギャンブルかもしれない。いずれにせよ、追いつめられた人間は藁《わら》をもつかむ。しかし、危険を冒すことなく、ビッグチャンスを手に入れることは不可能である。破れかぶれの行動が成功に結びつく確率は、おそらく百分の一以下。過去二十年以上、ソフトバンクの孫正義氏の挑戦を見守りながら思い浮かべる言葉がある。まさしく「運命への挑戦」――。運命に挑戦しなければ、運命の微笑みに与《あずか》ることができないことを、彼は誰よりもよく知っている。

メッセージ

運命に挑戦しなければ微笑みに与ることはできない

13

「人生という大きな杯に
いったん唇をつけた以上、
最後までこれを飲み干さないかぎり、
絶対に手から杯を離さない」

ロシアの諺《ことわざ》に痛快な一句がある。「この世に醜女《しこめ》はいない。ウォッカが足りないだけだ」。西洋では、「In vino veritas.（酒に真実あり）」という諺が有名だ。人生は、満々と酒が注がれた大きな杯のようなもの。最高のワインには、甘さと渋みがほどよくブレンドされた透明な味わいがある。人生もそれに似ていて、喜びと悲しみがほどよくブレンドされてこそ、最高の味わいを生む。人生が常に快楽の杯であるなら、いつまでも飲み尽くしたい。それが苦しみの杯であるのなら、遠ざけたい。忘れてならないのは、どんなに高級なワインでも度を越せば、「二日酔い」が待っているということ。しかし、ことによると、二日酔いにこそ、酒の「真実」があるのではないか。つらい二日酔いに耐えてこそ、酒は真実となる。翻って、二日酔いの苦しさを知らない人間に酒の真実はわからない。恋もまたしかり。恋の終わりの苦しさを経験してこそ、本物の心のドラマとなり、生きる糧となる。

メッセージ

終わりの苦しさを経験してこそ
恋は生きる糧となる

楽　愛　悪

「生命に勝る大事なものなんて、ほかにあるはずもないじゃないですか！」

14

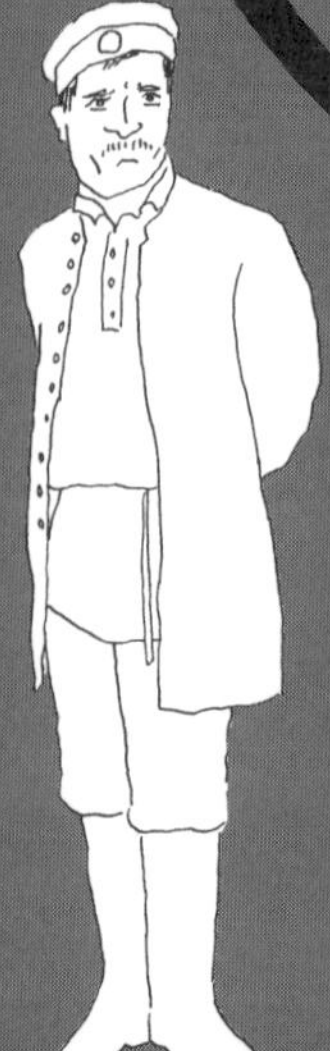

父

殺しの現場となるカラマーゾフ家から夢中で逃げ戻ったドミートリーが、地元の警察官相手にシャンパングラスを傾けながら、こう叫ぶ。まさに絶望の淵での叫びである。しかし、これはドストエフスキーの生命賛歌にほかならない。ちなみに、ロシアで生命を色にたとえるなら、黒。そして死は、白。「カラマーゾフ」の「カラ」とは、ロシア語で「黒」。日本語の「黒」(kuro)とロシア語の「カラ」(kara)の起源は同じである。白い雪に閉ざされた長い冬が終わり、雪の下から黒い土の色がのぞきはじめる。ロシアでは、それこそが生命の色だ。この黒の輝きを、どこまで切実に感じながら生きられるか。人間は誰しも生命があってこそ、と心の中で思っているが、なかなかその意味に気づくことがない。だから暴飲、暴食など無茶を繰り返す。ドミートリーがそのいい例である。仮に生命の価値に気づいても、時すでに遅し。未来の扉が閉ざされてしまっていることもある。生命の価値と向き合いたい。

メッセージ

生命の価値に早く気づこう。未来の扉が閉ざされてしまう

15

「小さいものに対して驕ってはなりませんし、大きなものに対しても驕ってはなりません」

弱いもの、小さなものに対して驕《おご》るなかれ、というなら話はわかる。事実、人は、弱い人間に対してつい偉そうな態度を取りがちだ。では、大きなものに対して驕るなかれ、とはどういう意味か。相手は、私たちが帰属するコミュニティ、あるいは大学、会社、さらには国家、そして宗教。要するに自分より大きなものに対して傲慢になるなということ。組織の中では、これは鉄則だ。とくに大きなものに対する驕りは、往々にして過剰なうぬぼれやナルシシズム、自己過信の結果であったりする。テロリズムもまた、「大きなもの」に対する驕りの結果から生まれる。「大きなもの」でも、仮にそれが尊敬に値するのであれば、素直に頭を下げるべきだ。では、許しがたい「大きなもの」に対してはどう抗うのか。何よりも避けるべきは、過剰な思い込みである。思い込みを棄て、「もう一つの可能性」を常に模索する努力を怠ってはならない。世界を揺るがせているウクライナ紛争にしろ、イスラム国にしろ、問題の根底には常にこのテーマが横たわっている。

メッセージ

国家や会社、コミュニティに対しても驕ってはならない

力

カラマーゾフ家の長男ドミートリーは、生命力そのものの人。シベリア流刑を前にして彼は、乱脈な過去を振り返る。ドミートリーの生命の源は、恋と酒。だからというわけではないが、苦しみは深い。そしてその苦しみの極みから、「自己犠牲」という大きな理想は生まれた。それがしばしば人生の節目で大きな意味をもつ。思うに、青春時代に荒れ狂う何かを経験することはとても大切なことだ。最近、ドミートリータイプの青年に偶然出会った。ロシア文学を志して地方の大学を中途退学し、東京の大学でロシア語を学びはじめたが、ドミートリーよろしく、青春時代にありがちな得体の知れない夢や衝動に苦しめられ、ロシア文学への憧れとロシア語の地道な勉強との間の断絶にもだえ続けた。青年の苦しみを解いてやれないかと、私は励ましのメールを書いた。そして三月、「無事進級」のメールが届いた。進級できたからといって、彼の「得体の知れない何か」との戦いが止むことはない。しかし、それこそが青春の醍醐味であり、人生の杯なのだ。

メッセージ

得体の知れない何かと戦うことが青春の醍醐味だ

16

「すべては俺の内側に潜んでいたんだ。
何か得体の知れない理想が、
俺の中で荒れ狂っていたからこそ、
酒も飲めば、喧嘩もし、
荒れてもいたんだ。
自分の中の理想を
なだめるために喧嘩していたんだ」

17

「真実ってのは、大抵の場合
気が利かないものですからね」

厳しい専制政治の中で生きたロシアの庶民は、権力とどう付き合うか、権力の目をどうくらまして生きていくかを常に考えながら生きていた。上手に嘘をつくことが、まさにサバイバルの道だった。面従腹背《めんじゅうふくはい》という言葉があるが、ロシアの庶民は常に、腹の内で権力を見下し、その汚れから身を守るために厳しく一線を引いてきた。しかし、これはあくまでロシア的な事情である。何はともあれ、真実には絶対的な重みとリアリティがある。だから、それを突きつけられたが最後、目を背けられなくなってしまう。他方、多少の誤魔化しが許される場面で妙に真実にこだわろうとすると、逆に身動きがとれなくなってしまう。ロシアでは「嘘も方便」を「賢い嘘も、時には愚かな真実に勝る」と表現する。「正直者は馬鹿を見る」と言うが、嘘がつけないばかりに窮地に陥る場合が少なくない。そんな状況は、傍目《はため》で見るのも辛い。真実と常に誠実に向き合うことは、エネルギーを要する。時には、嘘に学ぶ賢さも必要だということを心すべきである。

メッセージ

馬鹿正直ばかりでは窮地に陥る。時には嘘に学ぶ賢さも必要だ

楽　愛　悪

18

「知恵は卑怯者だが、愚劣は真っ正直で誠実だよ」

ロシアには、愚者崇拝の伝統がある。愚か者ほど神に近い存在であるとされ、人々から深く愛される。ドストエフスキーの作品では、そうした聖なる人物が好んで描かれる。『白痴』のムイシキン公爵、『カラマーゾフの兄弟』のアリョーシャが、まさにその典型だろう。では、アリョーシャは愚か者かといえば、決してそんなことはない。愚者崇拝はむろん、ロシアに限らない。広くヨーロッパに流布している伝統でもある。リヒャルト・ワーグナーの楽劇『パルジファル』は、愚者崇拝のもっとも美しい芸術的成果の一つである。ビートルズの名曲『フール・オン・ザ・ヒル』を思い出すのもいい。日本にも、愚者崇拝に近い伝統がある。たとえば、山田洋次監督の『男はつらいよ』。フーテンの寅さんの人気は、彼の真っ正直さ、誠実さにある。しかし、寅さんが愚劣かといえば、決してそんなことはない。問題なのは、愚者を利用しようと企む、卑劣な知恵者たちの存在だろう。

メッセージ

愚者を利用しようとする卑劣な知恵者こそ問題だ

19

「恐怖とはありとあらゆる嘘の結果にすぎませんがね」

長い人生の中では誰もが背筋が凍るような恐怖を一度や二度は経験するものだ。私にも、何度かそういう経験はある。しかし、死ぬほど怖いと思ったのは一度限り。時は一九八四年、場所はロシアのウリヤノフスク。ロシア革命の父ウラジーミル・レーニンが生まれた町を散策中、スパイ容疑で拘束された。六時間にわたる尋問の末、「君はあの場で銃殺されても文句は言えない」とまで脅された。不思議なことに、尋問の間、私は恐怖を感じなかった。内務省の関係者とはいえ、目の前に人がいたからだろう。だが、釈放され、ホテルで一人になってから恐怖が募ってきた。私は毎日、ウェブ上でニュースを読み、それから新聞に目を向ける。社会面は事件のオンパレードである。殺人、暴力、いじめ……。どうして今まで、そうした事件に遭遇せずに生きてこられたか、不思議な気がするほどだ。様々な恐怖が日々、世界で起こっている。だが、その恐怖は「嘘の結果」にすぎないと語るドストエフスキーの真意を、私は今も量りかねている。

メッセージ

日々世界で起こる様々な恐怖は
ありとあらゆる嘘の結果

20

「リアリズムってのは
何て恐ろしい悲劇を
人間にもたらすもんなんだ！」

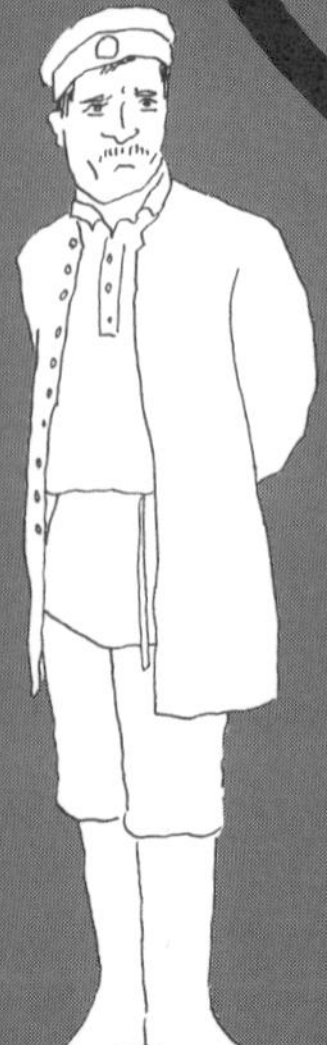

真実を知りたいという果てしない欲求、それは人間の宿命だ。その欲求が、知的な好奇心に結びついているなら、大いに奨励されるべきだろう。ところが、それが単なる怖いもの見たさにすぎない場合、時として思いがけぬ悲劇を呼び招く。人間は、多くの場合、「事実」を恐れ、「事実」から目をそらして生きようとする。まさに自己防衛本能である。「事実」が自分の一生を根本から破壊してしまう恐れがあることを本能が察知しているのだ。その悲劇の最たる例が、古代ギリシャの詩人ソフォクレスの書いた『コロノスのオイディプス』。父の死の謎を解き明かしたいという執念がもたらしたのは、犯人が自分であるという認知だった。カラマーゾフでは、次男のイワンが、同じような執念の虜となって破滅する。「知らぬが仏」の英語訳は、「Ignorance is bliss.（無知は至福である）」。知ることを拒むという態度も、人間が賢く生きるためのヒントであろう。

メッセージ

知ることを拒むという態度も
人間が賢く生きるヒントである

カラマーゾフ家の長男ドミートリーの人生は悲惨の一言に尽きる。少年時代に母親に捨てられ、父親からも一顧だにされず、あまつさえ父殺しの罪を着せられシベリア送りとなる。けれど、決して生きる希望は失わない。そんなドミートリーに格別の共感を抱く人は少なくない。思えば、私たち団塊の世代はみな親の背中を見て育った。「孝行のしたい時分に親はなし」と言うが、実際に親がどれだけのことをしてくれたか、私にもほとんど記憶がない。ただし、母親の無言の愛情だけは常に感じることができた。だから、「親の背を見て子は育つ」のほうがしっくり来る。少子高齢化が進み、親子関係が大きく変わった。かつて父親は、黙っていても威厳を保つことができた。今はそうはいかない。子どもから介護される年齢になると、「それにふさわしいこと」をしたかどうかが必ず問われる。これから親になる人は、どんな愛情をもって我が子に接するのが正しいか、真剣に考えなければならない。

メッセージ

どんな愛情で我が子に接するか
真剣に考えなければならない

「子どもをもうけただけでは
まだ父親ではない。
父親とは
子どもをもうけ、
さらにそれに
ふさわしいことを
した者のことだ」

21

22

「大地にひれ伏し、大地に口づけすることを愛しなさい」

ドストエフスキーの小説に一貫して息づいている信念が、ゾシマ長老の右のセリフを通して語られる。金貸し老婆とその義理の妹を殺した『罪と罰』の主人公ラスコーリニコフは、恐怖と孤独に苦しんだあげく、ペテルブルグの中心にある乾草広場に口づけする。都市化された今のペテルブルグからはとても想像できない光景だが、当時のセンナヤ広場は、馬糞の匂いも漂う駅馬車のターミナルだった。孤独で傲慢なエリート青年を救済の道に立たせるには、何よりも彼自身が汚した大地への口づけが不可欠だとドストエフスキーは考えたのだ。他方、ゾシマ長老の遺体から発せられた腐臭に衝撃を受け、信仰を失いかけたアリョーシャは、この大地への口づけを通して、新たな精神の「甦り《よみがえ》」を経験する。不信とは、傲慢の最たる証である。驕《おご》りを捨てて正直になること、そこに救いがある。救いを求めない人間に救いは訪れない。救いを求める心こそが、生命力の証だからである。

メッセージ

驕りを捨て正直になろう。救いを求める心は生命力の証

23

「この世には、心を狭め
全世界を向こうに回して
非難する人々がいます。
しかし、そうした人々の魂を
温かい憐れみで圧倒し
愛を与えてやれば、
その魂は自分の行いを
呪うようになるでしょう」

父

殺しの裁判にかけられたドミートリーの情状酌量を求める弁護士のセリフ。最終的に情状は認められず、二十年のシベリア流刑の判決が下る。世の中には、他人に不寛容な人間が数かぎりなくいるが、物語ではドミートリーをシベリア送りにする「お百姓たち」がそれだ。ここで「お百姓たち」とは、一義的に心の狭い、貧しい人たちを言うが、同時に、隠れた正義の体現者でもある。それはともかく、心の広い人間であるには、人並み以上に幸福や満足を得ている必要がある。「心が狭い」人間は往々にして、幸福や満足を感じる機会に恵まれていない。だから、「心が狭い」とか「狭量だ」と言って一方的に人を責めてはならない。日々豊かさを享受し、幸福や満足を得ている人は、その幸福や満足を独り占めせず、常に分かち合いの気持ちをもって「実践的な愛」を心がけるべきだ。私心をなくし、手を差し伸べる勇気がなければ、たとえどんな幸福や満足を得た人間であろうと、「心が広い」と呼ぶことはできない。

メッセージ

幸福や満足を得ている人は独り占めせずに分かち合おう

服できる

喜 怒 哀

第三章

哀しみは克

24

「もしも悪魔が存在しないなら
つまり、悪魔を人間が
創ったんだとしたら、
人間は悪魔を自分の姿に
似せて創ったということさ」

悪が世界を支配している。この世界を創造したのは善なる神ではない。人間は神に見捨てられている——。そんなペシミズムに支配され、苦しむのがイワン。同時代のロシアのみならず、広く見聞した残虐な事実をアリョーシャに聞かせた後、こう言う。「人間のもつ残酷さのことをよく『獣みたいだ』とか言うが、獣たちからすりゃこれは実に不当で、失礼千万なもの言いだ」。イワンが吐露するこのペシミズムは、当然、神は存在しないという実感につながっている。日本で、このペシミズムに強烈に本能を揺すぶられている作家が村上春樹である。「フョードル・ドストエフスキーは神に見捨てられた人々をこのうえなく優しく描き出しました。神を作り出した人間が、その神に見捨てられるという凄絶《せいぜつ》なパラドックスの中に、彼は人間存在の尊さを見いだしたのです」（『神の子どもたちはみな踊る』収載の「かえるくん、東京を救う」より）。問題はこのペシミズムをどう乗り越えるか。結論は一つ。自分の生命を見つめ、生命が経験している歓《よろこ》びに耳を傾けることだろう。

メッセージ

神を創り、見捨てられたからこそ人間の存在に尊さがある

25

「人間の顔というのは
しばしば、愛することに
不慣れな多くの人々にとって
愛する妨げになるものだ」

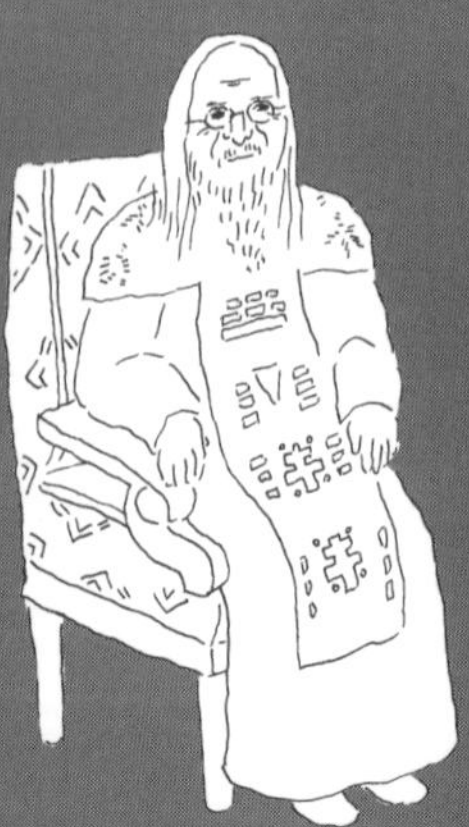

ユーモア溢《あふ》れるゾシマ長老の言葉である。「蓼《たで》食う虫も好き好き」「十人十色」という諺にもあるように、人間の好みは千差万別。大げさかもしれないが、人類を種の絶滅から救っているのが、この十人十色、ちょっと難しく言えば「多様性《ダイバーシティ》」ではないか。精神分析学者ジークムント・フロイトのいわゆる「エディプスコンプレックス」を引き合いに出すまでもなく、男性は、原理的に母親の面影を宿した女性を求めている。世界には、母親の数だけ、愛が生まれる可能性があると考えるのは楽しい。仮にそうでなかったら、女性のイメージはすべて、テレビやウェブに登場する何十名かの整った顔立ちに牛耳られてしまうだろう。むろん愛は、顔に対してするものではない。しかし、顔が何らかの役割を果たしていることは否定できない。人間は、母親の痕跡を求めて顔から顔へと旅する。アリョーシャは、数え四歳の年に母と死に別れたが、終生、その美しい顔を忘れることはなかった。

メッセージ

人間は十人十色だからこそ種の絶滅から救われている

26

「人間にとって
良心の自由に勝る
魅惑的なものはないが、
しかしこれほど
苦しいものもまたない」

カラマーゾフを読破する上で、最大の難所となるのが第二部第五編。なかんずく「大審問官」のくだりである。厳しい顔をした大審問官は、十六世紀スペインの町セビリアに出現したキリストに向かって、このセリフを突きつける。大審問官の主張は、人間は、自由という重荷を一人で背負いきれるほど強い存在ではない、という一言に尽きる。確かに私たちの多くが、習慣の奴隷である。どんなに創造的に毎日を過ごしていると思われる人でも、よくよく見れば、日常の中で営々と生き、日常生活を大切にしている。時に小さな嘘や不正がまかり通ることがあっても、よほど目に余るものでないかぎり、声を上げることはしない。誰よりも自分が可愛いし、大切な日常生活を壊されたくないからだ。率直に言って、良心の声に従い、行動できる人が羨ましい。だが、真の良心とは、振り上げたが最後、振り下ろさずには済まない厄介な剣でもある。

メッセージ

人間は自由という重荷を一人で背負いきれるほど強くない

27

「傷ついた人間からすると、
みんなから恩着せがましい
目で見られるのって、
本当につらいことなんですよ」

極貧の元軍人にお金を施そうとして失敗したアリョーシャの反省の弁。この元軍人は、ある事件をきっかけに「ございます」口調が抜けなくなった。まさに「傷《トラウマ》」であり、ドストエフスキーならではの絶妙の人物造形である。ドストエフスキーの作品が現代人の心を捉えてやまない理由は、登場人物がほぼ例外なく、この元軍人と同じ「傷」を抱えている点にある。傷の原因は、総じて貧しさにある。思うに、心に傷を負った人間は、何事にも過剰かつ敏感に反応し、時として傲慢にも見える行動に走ることがある。一種の自己防衛である。他方、「傷」がしばしばその人間のアイデンティティを形成することもある。そのアイデンティティが侵されたと感じる時、人は逆上し、動物的な反撃に出る。このメカニズムをきちんと理解していれば、どんな人間にも安心して寄り添うことができる。表向き、傲慢に見える人間に対しては、人一倍の気遣いが必要だ。

メッセージ

傲慢な人の心には傷がある。人一倍の気遣いも必要だ

ゾ

シマ長老の言葉であり、ドストエフスキーの基本的な人間観でもある。自分は、ほかの誰よりも悪い人間なのではないのか——。私も、幼い頃からそんな漠とした罪の感覚に支配されてきた。その根本理由は今もってわからない。しかし、ドストエフスキーを愛する理由が、この罪の感覚の共有にあったことは疑うべくもない。

還暦を過ぎ、太宰治の文学に親しむようになったが、太宰にもこの感覚が深く息づいていたことを知った。津軽の名家に生まれたエリート青年は、死ぬまでその出自に苦しみ続けた。『晩年』のエピグラフ（題辞）に引用されたポール・ヴェルレーヌの詩が、その内心のあがきを雄弁に伝えている。「撰《えら》ばれてあることの恍惚《こうこつ》と不安と二つわれにあり」。太宰は、だからといって偽善的な人生を送ることなく、徹底して露悪的な生き方を貫いた。太宰ほど、人間の生き様を赤裸々に描くことに長けた作家はいない。太宰もまた大のドストエフスキーファンだった。

メッセージ

偽善的な人生を送るくらいなら露悪的な生き方を貫いてみよう

28

「人間は誰でも、すべての
人に対して罪があるんだよ。
ただ誰もそれを知らないだけなんだ。
もしそれを知ったら、すぐにも
天国が現れるに違いないんだ！」

29

「みなさん、死ぬ時は誠実でなくちゃいけない！」

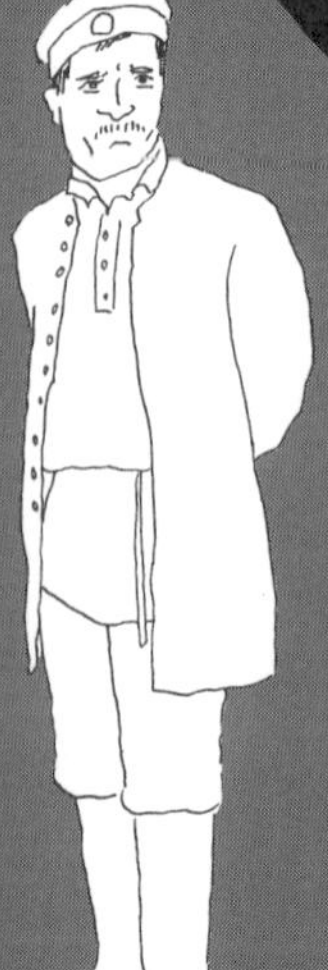

父

殺しの濡れ衣を逃れようとして必死に検事と戦うドミートリー。正直になれないためにかえって追いつめられる自分を呪いながら、決死の覚悟でそう叫ぶ。ドミートリーの声に耳を傾けるうちに、私の中で連想が広がった。死ぬ間際に経験する人間の苦しみについて――。人生の折り返し点に来たと感じる時、人は自分の死について考えはじめる。マラソンランナーがゴールを意識しはじめるのと同じである。「死」までどれほど距離が、いや、猶予が遺されているか。死が、人間にとって避けることのできない宿命であり、もろもろの終着点であるなら、ゴールテープは美しく切りたい。人間として尊厳ある死を全うしたい。しかし、それがなかなか難しい。それにしても人は、なぜ、罰のように、死の苦しみを受けなくてはならないのか。尊厳ある死を全うするには何より、最後まで恥の気持ちを失うことなく、誠実さを貫かなくてはならない。誠実さこそが、人々に尊敬される「最高の価値」なのだから。

メッセージ

最後まで恥の気持ちを失わない。
誠実さこそ最高の価値だ

30

「富を貯えれば貯えるほど、
自分が自殺的というべき
無力さの中に沈んでいくことに
気づいてはいません」

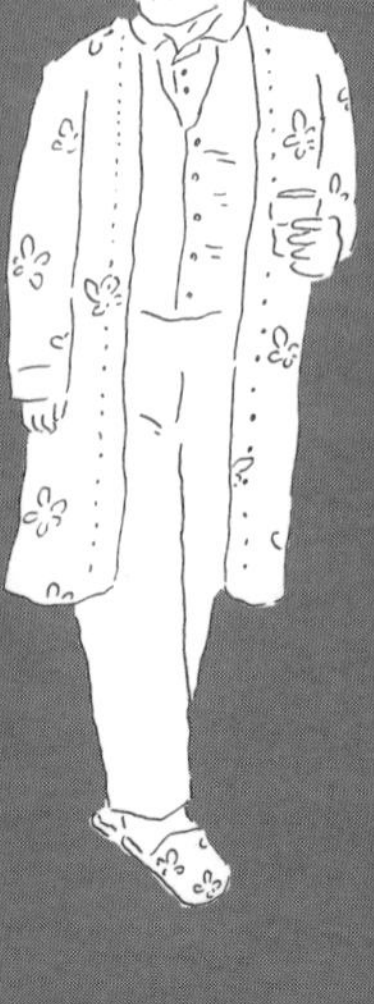

ドストエフスキーは古今東西の作家の中でも、「金」というテーマに徹底してこだわった作家である。今なお彼の文学が色褪せることがないのはそのためである。逆に「金」のもつ破滅的な威力を知り尽くしていたからこそ、貧しき人々の心に潜む、純な美しさを描くことができた。精神的な富を生み出す力の源泉とは、貧しさである。ハングリー精神なくして生きる活力も喜びも生まれない。貧しさは、人々の心に欲望や憧れを生み、生きる力を培う。一方、豊かさの中からしか生まれない活力もある。ロシアの優れた芸術家は、ほぼ例外なく貴族の家に生まれ、恵まれた家庭環境で育った。ドストエフスキー、レフ・トルストイしかり。しかし言うまでもなく、お金には圧倒的な力で人の心を蝕む作用がある。金との付き合い方を一歩誤れば、人の心は知らぬ間に蝕まれ、堕落の道を辿る。「自殺的な無力さ」とは、自業自得に似た空しさを意味する。持てる者、富める者が、自戒とすべき言葉である。

メッセージ

「金」との付き合い方を誤れば
心は蝕まれ、堕落の道を辿る

31

「お金持ちぐらい世界で強い人たちはいないんだよ」

地獄の沙汰も金次第と言うが、いつの世も人は「金」の力に支配され、翻弄されてきた。ドストエフスキーもまた、「金」のもつどす黒いリアリズムを飽くことなく描き続けた。この言葉は、ロシアの片田舎に住む貧しい元軍人が、結核を病む幼い一人息子に語りかける一言である。えげつないと言おうか、痛々しいと言おうか、何とも形容しがたい。この言葉のもつ妙な迫力は、それが語られるシチュエーションと深く関わっている。一人の大人が、いたいけな子どもに向かって、あたかも一つの不変の真理であるかのごとく「金」の威力について語る、その異常性。こんな「真実」を事新しく聞かされる子どもこそ気の毒というもの。本来なら、正義や心の大切さを教えるのが、親の務めではないか。しかし、ドストエフスキーは決して甘くない。頑としてリアリズムを貫き、頑として敗北主義に徹している。ドストエフスキー文学の迫力は、このリアリズムに宿っている。

メッセージ

人は「金」の力に支配され、翻弄されるものだ

32

「常日頃あまりに
分別臭い青年というのは、
さして頼りにならず、
そもそも人間としても安っぽい」

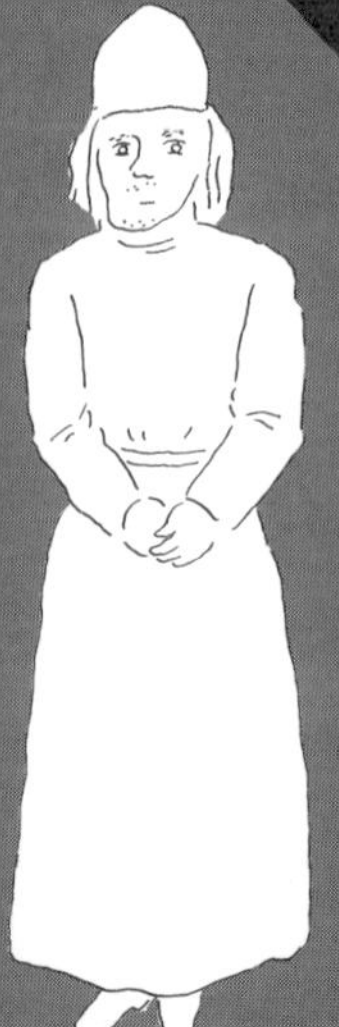

分

分別ある人間は尊敬される。だが、分別臭い人間は軽蔑される。何かしら重要な決断を下す際、人はもてる英知の限りを尽くす。分別は、人生をつながなく生きていく上で大切な力となる。だが、人生のある局面では、分別つまり常識的な判断力ではなく、むしろ個人としての責任がかかった大胆な判断を求められる。状況が危機的になればなるほど、分別を超えた勇気が必要とされてくる。そういう状況で頼りになる人間は、分別を基準とせず、己の想像力で勝負する。たとえば、会社のメカニズムから社員同士の心の葛藤まで、そして広くは、社会、世界の奥行きまでしっかり見抜く力、それが想像力である。想像力こそが、未来を予見する力となる。未来が見えないからこそ、人は分別臭く振る舞う。分別は、自己防衛の道具となり得ても、未来を切り開く力とはなり得ない。未来がしっかりと見えれば、分別臭さを超えて、大胆に前に進める。ゾシマ長老がアリョーシャに下界に出ることを勧めるのも、愛する弟子が単に分別臭い人間になることを恐れたがゆえである。

メッセージ

自己防衛の道具となり得ても
分別に未来を切り開く力はない

33

カラマーゾフの精神的な柱とも言うべきゾシマ長老に託して、ドストエフスキーはひたすら「正直であれ」と言い続ける。「正直でありたい」という思いの強さは、それを願う人間の苦しみの強さに比例している。しかし、正直であろうとする自分を、どこまで受け入れることができるのか。この世には、言葉に化粧を施すことしかできない人間がいる。他方、人生を嘘と割り切り、嘘しか信じない嘘つき人間もたくさんいる。オオカミ少年の喩ではないが、人は嘘を重ねるうち、真実と虚偽の境界を見失っていく。ただし。「嘘も方便」の有効性も無視できない。大人の世界、ビジネスの世界ではしばしば、「パブリック・ライ（公共の嘘）」が大手を振ってまかり通る。敵対する者同士が、相打ちによる破滅から免れるため、相手の嘘を承知でその嘘に乗るのだ。カラマーゾフの精神からは一歩外れるが、嘘に救いを求めることも、また大人の知恵である。

「大事なのは、自分に嘘をつかないことです。自分に嘘をつき、自分の嘘に耳を傾ける人間というのは、どんな真実も見分けがつかなくなって、ひいては、自分に対しても他人に対しても尊敬の気持ちを失うことになるのです」

ビジネスの世界では公共の嘘、嘘を承知で嘘に乗ることも必要

メッセージ

しいもの

喜 怒 哀

第四章

人生とは楽

34

「人が幸福を味わい尽くすには、一日あれば足りるんですよ」

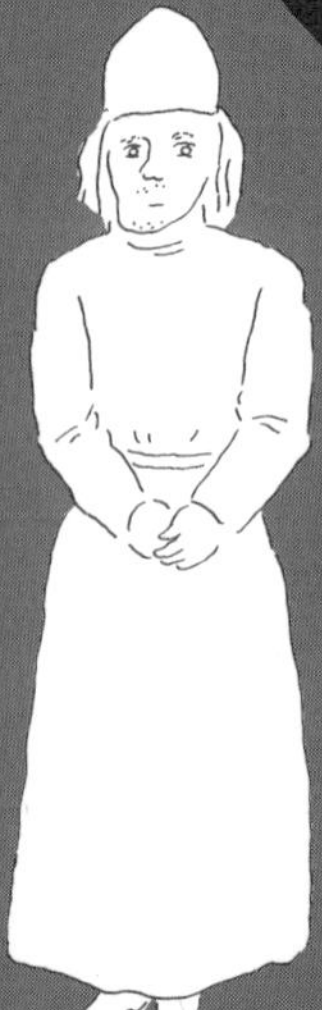

ドストエフスキーはいわゆるアスペルガー的天才の典型。みずからの病を乗り越えていくプロセスが彼の作家としての成熟の道だった。まさに傷だらけの、矛盾だらけの男。いや、人間そのものが矛盾なのだといっても過言ではない。一方で、博愛主義の大切さを熱っぽく説き、かと思えば、破滅的な愛への憧れやマゾヒズムについて、恥ずかしげもなく自分をさらけ出す。四十代は、ルーレットの虜になり、無一文になった。しかし彼からすると、そうした矛盾も、生きていればこそ経験できる生命の尊い輝きだった。人生には、人の数だけ幸福がある。愛、富、出会い……。常識的に、それらの幸福を一日で味わい尽くすことはできない。その点で、この言葉はひどく非現実的な響きを帯びる。だが、ゾシマ長老がここで口にしている「幸福」とは、日常的なレベルの幸せとは著しく次元を異にする、何かしら法悦にも近い喜びである。まさに人生の醍醐味であるような幸福。それが何であるかは、むしろ私たちが、それこそ手間暇をかけ、自らの手で発見していくものだろう。

メッセージ

人生には人の数だけ幸福がある。自らの手で幸福を発見しよう

35

「私が道化なのは、
恥ずかしさからなんです。
恥ずかしさから
生まれた道化なんです」

カラマーゾフ家の主フォードルのセリフ。一読して、おや、と感じる向きもあるだろう。確かに、いつもの鉄面皮《てつめんぴ》なフォードルとどこか趣が異なっている。フォードルの人間臭さがけっこう好きという読者にしばしば出会う。実のところ、私もその一人である。理由は一つ。まさしくその鉄面皮さの陰にきらめく微妙な羞恥心。現代の日本人で言えば、ビートたけしに通じる何か。お笑い芸人とここで言う「道化」は決して同じではないが、道化的な人間は、総じて厚顔無恥で、図々しい人間のように誤解されがちだ。しかし、生まれながらにして鉄面皮な人間など、この世にいるとは思えない。多くの場合、人は恥ずかしいからこそ道化的な立ち居振る舞いに及ぶ。そんなタイプの人間を見誤らないため、彼らの心の動きをしっかり見極めることが大切である。ダウンタウンの松本人志にも同じ雰囲気がある。長く視聴者に支持され続ける理由は、単に芸人としての才能だけではない。真にユーモア溢れる人間とは、彼らのように恥ずかしさを克服し、恥ずかしさのたたずまいを永遠に持ち続ける人たちであろう。

メッセージ

恥ずかしさを克服しつつも
その記憶は永遠に持ち続けよう

36

「そもそも人間は奇跡なしに
生きることはできない」

力

ラマーゾフを読破する上での最大の難所が「大審問官」の場面である。この場面に登場するカトリックの高僧は、人間の本質について限りなくシニカルな言葉を吐きかける。人間にとって大切なのは、自由を求める崇高な心ではなく、むしろ目の前のパンだ、人間は迷信深く、奇跡なしには生きられない……と。読んでいて何とも胸が痛くなった。私たちが生きる時代を振り返ってみると、確かに毎日が小さな驚き、いや小さな奇跡の連続である。テレビやスマートフォンが伝えるそれらの奇跡に一喜一憂する哀れでちっぽけな存在、それが私たちだ。ところが、人間は恐ろしく貪欲な生き物なので、日常化し、無感動になったものは容赦なく切り捨てる。やがてスマホの奇跡にも飽き足らなくなり、新たな利器を創り出す日が来るだろう。この無限循環からどう抜け出すか。答えは一つ。どんな小さなものでもいい、自力で奇跡の発見に努めることだ。みずから発見することで、奇跡の価値は限りなく高まっていく。

メッセージ

奇跡は伝え聞くものではない。自力で発見し、価値を高めよう

37

「倦むことなく実践しなさい。夜、眠りに入る前に『やるべきことをまだ実行していない』と思い出したら、すぐに起き上がり、実践しなさい」

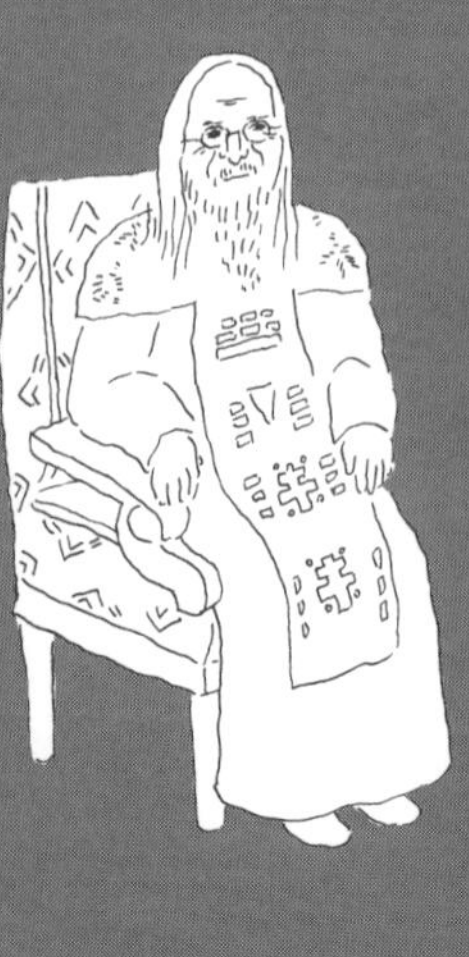

ゾシマ長老の言葉である。人間、誰しも自分の意志の弱さに悩んでいる。目標を立て、それを実行しようとしても、努力は長続きせず挫折を繰り返すばかり。言うは易く、行うは難し。目標をつい高く設定しすぎることが、挫折の原因の一つでもある。私自身、若い頃は意志の弱さに苦しんだ。どんなに小さな計画でも、一週間として実行し続けた試しがなかった。しかしただ一度、自分は「やるべきことをまだ実行していない」と思い、実践し続けたことがある。それが『カラマーゾフの兄弟』の翻訳である。二年半にわたる翻訳作業は苦しかったが、ランナーズハイが訪れたことも何度かあった。要するに、目標をどう設定するかが大切なのだ。どんなに小さな趣味でもいい、倦《う》むことなく実践できる何かを探しあててほしい。結果的にそれが、人生の一大事業となる可能性もある。人生は一日にしてならず。その何かを発見するために、人は人生という旅を、永遠に続けるのである。

メッセージ

小さな趣味でもいい。
倦むことなく実践しよう

ゾシマ長老は修道院を訪れてきた夫人にこう語りかける。空想で人を愛するだけではだめ、実践的な愛をつみなさい、と。人間は相手を選り好みしがちだが、それもいけない。他人を毛嫌い、遠ざけてはならない、とも。つまり、愛する対象を選んではいけないということだ。話題は少しそれるが、ドストエフスキー自身は、どちらかというと人に毛嫌いされるタイプの人間だった。『父と子』の作家イワン・ツルゲーネフは「ロシア文壇のカビ」とまで彼を罵った。同じコミュニティ、同じ会社にも、嫌いな上司、生理的に受けつけない同僚、いろんなタイプの人間がいる。ゾシマ長老のように、そういう人たちに対して実践的な愛をつめ、とまでは言わないが、自分の好き嫌いには、注意してかかる必要がある。なぜなら、長い人生においては、むしろ嫌いなものから学ぶべき機会が多いからだ。嫌いなもの、敵こそが、自分の未来の扉を開く大いなる可能性と考えるぐらいのゆとりが大切である。

メッセージ

嫌いなものから学べ。
敵こそ未来の扉を開く可能性

38

「相手が他人であれ自分であれ、人を毛嫌いするということは避けなさい」

39

「ロシアでは酔っ払いどもが
一番善良なんです。
一番善良な奴らが、一番の酔っ払い
ということなんでして」

専制政治が長く続いたロシアでは、酒を飲み、人前で裸になれる人間だけが信頼を勝ち得ることができた。他方、時の権力者からすると、ウォッカは、民衆の怒りを眠らせる最高の支配の道具だった。ともあれ酒の強さでいうと、ドストエフスキーは十両クラス。しかし、それでも食前に赤ワインを、食事中はウォッカをそれぞれグラスに一杯、そして食後はコニャックをグラスに半分たしなんだという。だが、相手の懐に分け入り、その人間性を見抜こうとするなら、時にはとことん酔い紛《まぎ》れるぐらいの勇気が必要だ。大昔、尊敬する友人、佐藤優氏と飲み比べをしたことがあるが、その際、私は自分がはるか格下であることを自覚した。ソ連崩壊期、佐藤氏がロシア中枢から絶大な信頼を勝ち得ることができたのは、その透徹した知力はもとより、その知力に似合わぬ肝臓の強さが大いにものを言ったのかもしれない。ちなみに、私は、ドミートリーの豪放さ、アリョーシャの純真さ、そしてイワンのラディカルさを彼に感じている。

メッセージ

信頼を勝ち得るためには
とことん酔い紛れる勇気も必要

40

「賢い人とはちょっと話すだけでも面白い」

力

ラマーゾフのプロットに決定的な転換点をもたらす一文である。スメルジャコフは、「賢い人」であるイワンの暗示的な一言を読み違え、フョードル殺害に突っ走る。しかしここは、少しピントをずらして考えてみたい。「賢い人間」とは、要するに話のわかる人間のことだ。良い意味でコミュニケーション能力に長けた人間は、片言隻句《へんげんせっく》からすっと話の中身を理解してしまう。まさに「以心伝心」である。会社では最近、この「以心伝心」を不得手とする人間が増えつつある。むろん、だから悪いというわけではない。「以心伝心」が、時に大いなる誤解や、とてつもない損失につながる場合が少なくないからだ。むしろ、与えられた情報のみを信じる、という姿勢が基本といってもよい。しかし、与えられた情報をすべてと考え、しかもその選択を誤れば、最終的に「以心伝心」同様の過ちに陥りかねない。要するに、正確な情報の選択と、その情報の意味する膨らみを洞察できる能力こそが求められているのだ。

メッセージ

正確な情報とその意味を洞察できる能力が求められる

41

「人間なんて、何でも習慣なのさ。何もかもそう、国家の関係だって、政治の関係だってそうなんだ。習慣こそ、一番の原動力なんだ」

何事も、これをポジティブに見るか、ネガティブに見るかで意味は大きく変わってくる。人間の習慣についてもそれは言えることだ。人間は、習慣の力で自分の苦しみや悲しみを乗り越えていく。他方、人間は、悲しいかな、忘却の動物でもあり、決して忘れてはならないことまでも忘れてしまう。むろん、これも習慣の力である。私たちになじみのある諺に、「習慣は第二の天性なり」があるが、これは、習慣が人の性質や行いに与えるポジティブな影響力を言ったものだ。ドストエフスキーが習慣の偉大な力に気づいたのは、シベリア時代だった。『死の家の記録』に、「人間はどんなことにでも慣れることのできる存在だ」の一行がある。監獄暮らしのつらさを習慣の力で乗り越える人間の偉大な力を称えようとした。ついでながら、「習うより、慣れよ」の言葉もあるが、これは別に外国語の勉強についてのアドバイスに留まるものではない。

メッセージ

人間は苦しみや悲しみを習慣の力で乗り越えていく

42

「どんなまともな男でも、結局は女の尻に敷かれて生きざるを得ないってことだ」

ドストエフスキーは四十五歳の年、二十五歳年下の速記者アンナと結婚する。『罪と罰』の執筆後まもなくのことである。彼女の絶大なサポートを得て、『白痴』以降の大小説は書き上げられた。私は今、晩年の彼をこんなふうに想像している。後年、世界的な文豪として知られた彼も、世の多くの男性の例に漏れず、妻の一挙一動に気を遣う小心な恐妻家だったのではないか、と。男性が恐妻家となる理由は二つある。一つは何よりも、妻が偉大すぎること。もう一つは、夫が自らの男性としての強さ、さらにはその強さゆえの罪深さを意識していることだ。仮に芸術家である場合、彼らは、想像力の中で限りない自由を享受しているので、炊事洗濯をし、子どもを育て、わがままな自分の面倒をみてくれる妻の日常生活がやけに偉大に映る。ましてや、自分の死後も、営々と長い人生を歩み続けていく姿を思い浮かべるだけでも。ちなみにロシア人女性の平均寿命は七十五歳。男性の六十五歳と比べるとかなりの開きがある。

メッセージ

罪深さを意識しているから男性は恐妻家となる

43

カ

カラマーゾフに登場するほとんどすべての女性が、ヒステリー症の持ち主である。カラマーゾフ家の男たちを翻弄するグルーシェニカもまた、立派なヒステリーの持ち主。「ヒステリー女」を、世の男性は往々にして敬遠しがちだが、ドストエフスキーは、一風異なった。彼は、決して醒めた目で彼女たちを描くことはなかった。それどころか、彼の描くヒステリー症の彼女たちは、そのすばらしい母性愛で読者を圧倒する。翻って、世の男性は、常に女性の怒りに戦《おのの》いている。女性の怒りほど恐ろしいものはない。地震、雷、火事、親父の親父とは、本来、台風の意味だが、恐妻家の男性なら、地震、雷、火事、女房とでも嘆くのではないか。なぜ、女性の怒りを恐れるのか。多くの場合、怒りの理由がわからないからだ。理由がわからないだけ、女性の怒りは、神のそれに近くなる。不条理と思えることほど、威力のあるものはない。女性の偉大なヒステリーに乾杯！

「神が女をいとおしんで贈り届けたのがヒステリーなんだ」

メッセージ

男が女の怒りを恐れるのは不条理という威力があるからだ

44

「なぜって、
俺はカラマーゾフだからね。
奈落に飛び込む時は
それこそまっしぐらに、
真っ逆さまに落ちていくんだ」

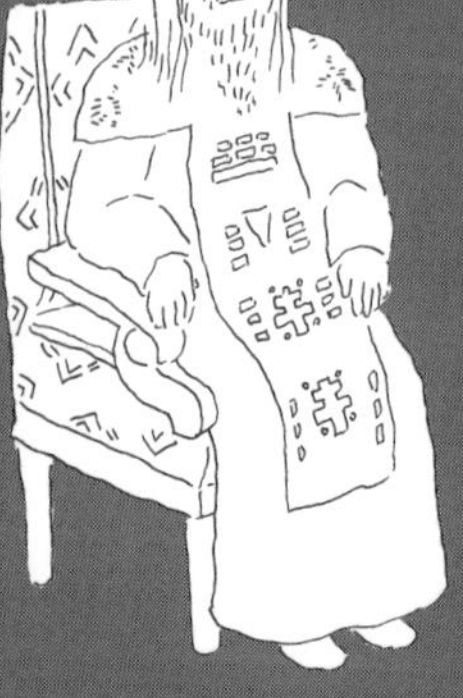

カラマーゾフシチナというロシア語がある。「カラマーゾフ魂」とでも訳すべき言葉だ。ドミートリーのこのセリフも、まさに「カラマーゾフシチナ」の醍醐味を浮び上がらせる。善か悪か、美か醜か、といった上っ面な二分法にとらわれず、心の赴くままに羽ばたけと彼は訴える。前途に待ち構えているものが、底なし沼であれ、荒れ狂う嵐であれ、ひるむことはない。今は限りなく遠く偉大な目標も、十年先から見れば、むしろそれを口にすることさえ恥ずかしくなるほどちっぽけな欲望の対象にすぎないかもしれない。いや、それでもいい。がむしゃらにひた走り、めざす果実をむしり取れ。そこから世界の光は見えてくる。分別や理性に従い、小市民的幸せを全うしようとするのも確かに一つの生き方だが、今ここに生きてある価値、いや、生命の喜びをどこまでも味わいたいと願うなら、前に進もう。その勇気の報いとして、大きな栄光がわが腕に落ちるかもしれないのだから。人生は塞翁が馬。捨てる神あれば、拾う神もある。

メッセージ

生命の喜びを味わいたいなら
勇気をもって前に進もう

も強し

第五章
愛は命より

45

「愛というのは、全世界を買い取ることができるくらい限りなく価値ある宝物なのです」

私の好きな名言を六つ紹介したい。「愛は盲目である」（ウィリアム・シェークスピア）、「愛情には一つの法則しかない。それは愛する人を幸福にすることだ」（スタンダール）、「男と交際しない女は次第に色褪せ、女と交際しない男は阿《あ》呆《ほう》になる」（アントン・チェーホフ）、「愛の表現は惜しみなく与える……。しかし、愛の本体は惜しみなく奪う……」（有島武郎）、「もっとも永く続く愛は、報われぬ愛である」（サマセット・モーム）、「愛する——それはお互いに見つめ合うことではなく、ともに同じ方向を見つめることである」（サン・テグジュペリ）、「愛されないということは不運であり、愛さないということは不幸である」（アルベール・カミュ）。愛とは究極のエゴイズムであり、究極の自己犠牲である。愛するほどに相手への要求は強くなり、逆に自分をゼロにしたいという欲求も強くなる。その引き裂かれた状態の中でいかに自己を保つか。愛の意味は、そこにある。

メッセージ

愛とは究極のエゴイズムであり究極の自己犠牲である

46

「知恵や論理なんて関係ないんだ。
はらわたと魂で愛するんだ。
この生まれる力、
この若い力を愛するんだよ」

ドストエフスキーの文学は、常に無私であることのすばらしさを訴える。古今東西の文学に親しみ、様々な体験を通して、彼は我を捨て、人を愛することの大切さを学びとった。「我を捨て」とは、愛する人のためにエゴイズムを捨てることを意味する。彼にとって、愛とはどこまでも殉教に近い何かだった。もっとも、私たちの人生で、「はらわたと魂」で愛せるような人と出会える機会は、極めて稀だろう。一生に一度ないしは二度、もしそれが経験できれば、それだけで良しとするべきことかもしれない。たとえその愛が、どんな悲しい別れで閉じられようとも。一切の打算を捨てて、愛する人のために献身する時、新しい地平が開かれる。生きるという真の価値もその地平から立ち現れよう。その時はすでに、献身とか自己犠牲などという堅苦しい言葉さえ忘れているに違いない。なぜなら、それこそが「はらわたと魂」で愛するということの意味なのだから。

メッセージ

悲しい別れで閉じられようと
はらわたと魂で人を愛しよう

47

「人間とは大抵の場合、
それがどんな悪党でも、
私たちが一概にこうと
決めつけるよりはるかに
素朴で純真である」

酒

酒飲みで、女好きで、吝嗇《りんしょく》な救いがたいエゴイスト、フョードルは、神学生と駆け落ちした先妻の死の知らせに接し、天を仰いで喜びいさんだ。ところが別の噂では、傍目にも気の毒なほど泣きじゃくったという。このフョードルを例に、人間は一目見ただけではわからないと作者は言う。確かに人間の真実というのは、「二二が四」のように単純に割り切れるものではなく、むしろ曖昧模糊《あいまいもこ》とした陰の部分に思いもかけず隠されている場合が少なくない。シベリア流刑時代、様々なタイプの悪人に接した彼は、逆にそこに限りない人間的な可能性の輝きを見て、世界に対する見方を根本から変えた。最晩年、裁判所通いを続け、事件の裏々に潜む人間模様を観察し続けた。そして事情を知れば知るほど「許し」という問題に直面せざるを得なくなった。「盗人にも三分の理」「一寸の虫にも五分の魂」と言うが、常に「三分の理」と「五分の魂」の正義に賭けようとしたのが、ドストエフスキーだった。

メッセージ

人間は素朴で純真なもの。三分の理、五分の魂に賭けよう

48

「身近な人間なんて到底好きになれない。好きになれるのは遠くにいる人間だけ」

喜　怒　哀

アリョーシャに対するイワンの言葉。フリードリヒ・ニーチェに「遠人愛」という言葉があるが、こういうセリフを吐く人間は極端な人間嫌いか、極端なロマンティストのいずれかだ。イワンはその両方である。一方、ドストエフスキー自身は、暗く不幸な人生を過ごしたというイメージが付きまとうため、この言葉は、いかにも彼らしい人間嫌いの表明と受け取られがちである。しかし彼は、一般にイメージされるほど不幸せな人生を送ったわけではない。むしろ、彼ぐらい実り豊かな晩年を送った作家も少ない。いや、人も羨むほど幸せだったからこそ『カラマーゾフの兄弟』のような傑作が生まれたと言っても過言ではない。もっとも彼が、夫婦愛や家族愛の大切さに気づくまでには長い歳月を要した。愛することを学ぶには時間がかかる。瞬時に燃え上がった恋は冷めやすい。逆に気持ちを持続させせようとする努力こそが、真の愛だとも言えよう。

メッセージ

瞬時に燃えた恋は冷めやすい。持続させる努力こそ真の愛だ

ゾシマ長老の教える哲学の原点がここにある。一読しただけでは、なかなか理解が追いつかない。かといって理解する努力を怠れば、カラマーゾフが扱う罪や自己犠牲などのテーマの核心は見失われる。たとえば、目の前に一人の罪人がいると仮定してみる。その罪人との間に個人的なつながりはない。にもかかわらずその罪人が犯した罪の原因は自分にあると考える。利害関係のある相手なら、そう考えることにも一理ある。しかし、直接のつながりがない、いわゆる赤の他人に対してこういう罪の意識をもつというのは、一見、不条理に映る。最終的に出てくる答えは、許しである。自分は正しい人間ではないので相手は裁けない、したがって許さざるを得ないという認識。他人の罪の許しとは、常に自分への許しを意味する。これは、人間同士の問題に留まらず、組織やビジネスのあり方にも通ずる考え方であろう。

49

「仮に私自身が正しい人間であったなら、私の前に立っている罪人はそもそも存在しなかったかもしれない」

メッセージ

他人の罪を許すことは
自分への許しをも意味する

50

「だって人はやはり、気に入られなくては生きてけませんからね」

愛にちなんだ名言は、愛されることよりも愛することの大切さを訴える。確かに自立した大人の愛について言うならば、そうだろう。しかし、「誰にも愛されていない」という自覚をもつ人に、「豊かな気持ちで生きよ」と言っても、土台無理な要求である。だから、人は「愛されたい」と思って努力する。金と色欲の権化であるフォードルとて例外ではない。耳を覆いたくなるほどの憎まれ口の間から時おり漏れる本音は、彼がいかに他人の愛に飢えているかを暗示している。ここからは、私の直感である。真に愛を捧げられる人と出会うためには、待ちの姿勢も大切である。ただし、ごくまれにしか訪れないチャンスを生かすには、積極的に人を愛そうとする心構えを忘れてはならない。では、具体的にどうすれば、人に気に入られるのか。それにはもう、知性と愛嬌の良さを磨くしかない。決して驕《おご》りたかぶらない、しかも愛嬌ある知性の持ち主ほど、魅力的な存在はないからだ。

メッセージ

愛そうとする心構えを忘れない。
知性と愛嬌も磨こう

51

「学校の子どもというのは
じつに無慈悲な連中ですので。
ばらばらでいる時は天使でも、
ひとかたまりになると
往々にして無慈悲になるもんでして」

カラマーゾフのラストで描かれる、死んだ少年の野辺送りの場面は、掛け値なしにすばらしく、涙なしには読み終えられない。少年はかつて、同じ学校の仲間たちからいじめに遭い、心のねじけた少年に変わった。だが、物語も終わりに来て、子どもたちの間に美しい和解の時が訪れる。思うにカラマーゾフは、いじめを扱った世界最初の文学である。話題は少しそれるが、大人の実感として、子どもの中には、常に天使と悪魔が同居しているのを否めない。「子どもは寝ている時が、一番美しい」と語ったのは、デンマークの哲学者セーレン・キェルケゴールだった。ところが、子育ての苦労を知る母親の見方は父親のそれとかなり異なるようだ。母親にとって子どもは子どもであり、悪魔も天使もない。父親はロマンティストなので、悪魔とか天使とかの二分法を用いたがるが、もっと母親のような目線で、ありのままの現実として子どもたちを見る目をもつ必要があるだろう。

メッセージ

ありのままの現実として
子どもたちを見よう

52

「誰も敬わないと、人は愛することをやめ、自分を喜ばせ気持ちを紛らわそうと、情欲や下品な快楽に耽って、ついには犬畜生にも等しい悪徳に身を落とすことになるのです」

ゾシマ長老がフョードルの道化ぶり、無軌道ぶりをたしなめるセリフである。他人を敬う心をもつということ、それは、目には見えない、ある大きな規範を意識することを意味する。その規範を失った人間は、否応なく堕落の淵に身を落とさざるを得ない。ゾシマはそう警告している。二十世紀ロシアのスターリン時代、「全民族の父」スターリンに対する崇拝ゆえ、人々は、時として愛する人や家族を売り、収容所へと追いやった。そうした歴史的教訓に学べば、やたら他人を敬えばいいというものではなく、敬うべき対象と自己との冷静な距離感が何より不可欠ということになる。逆に、その距離感が保証されてはじめて、他人を敬う気持ちは、敬われる相手の気高さの証となり、同時に、他人を敬うその人自身の気高さの証となる。崇拝と尊敬は、根本的に性格が異なる。尊敬=リスペクトとは、むしろ尊敬を抱く人間の美徳を明らかにする何かなのだ。

メッセージ

他人を敬う気持ちは
相手と自身の気高さの証

53

「嫉妬深い人間が誰よりも早く
相手を許すということを、
女はみな知っている。
嫉妬深い人間は、異常なほど早く
相手を許すことができる」

嫉妬

——。この忌まわしき感情を、小説の動力としたのがドストエフスキーである。思うに、嫉妬こそは、動物的であると同時に、もっとも人間らしい感情である。感情の動物である人間は、嫉妬の瞬間、煌《きら》めくような生命の炎を経験している。嫉妬の中にこそ、愛情のもっとも原始的な力が潜む。逆に嫉妬が失われた愛に、どんな喜びがあるというのか。それにしても、嫉妬深い人間が「誰よりも早く許す」、しかもその真実を「女はみな知っている」とは？　嫉妬深さとはエゴイズムの究極かもしれない。しかしそのエゴイズムを突き抜け、自己犠牲の気持ちを経験できる人間こそが、真の人間であるとドストエフスキーは言う。かつて辺境の地で税関役人の人妻と出会った彼は、その夫の死後、彼女が地方の田舎教師と恋仲にあると知って、気も狂わんばかりの嫉妬に身を焦がすが、同時に二人の幸せのために全力を尽くした。彼のこのセリフは、わが身の苦しい経験から生まれ落ちた言葉だったに違いない。

メッセージ

嫉妬というエゴイズムを突き抜け、自己犠牲を経験するのが真の人間

54

「子どもたちに必要なのは太陽であり
子どもらしい遊びであり
どこにもある明るい手本であり
たとえ一滴であっても、注がれる愛なのだ」

子どもに一枚の画用紙を与えると、金色のひげをのばした太陽を描くことがある。太陽は、子どもにとって生きる力そのものだからだろう。暗く貧しい幼少時代を過ごした人でも、明るい思い出の一つ二つはあるものだ。だが、そのかけらさえ持たない人の運命はどうなるのか。かつて、ある死刑囚の生い立ちの記録を読み、あまりの悲惨さに愕然としたことがある。私はその時、死刑に値するとされた罪の責任をすべて彼一人に帰すことは可能なのか、死刑を下すことで二重に彼を殺すことにはならないか、という根本的な疑問をもった。少年時代のドストエフスキーは、病んだ性格だったが、幸い、優しい慈しみに満ちた母親の思い出に救われた。むろん「太陽」や「明るい手本」を、甘やかしと混同してはならないが、子育ての経験には、甘やかせるだけ甘やかす一時期があってもよい。ちなみに、父殺し犯スメルジャコフの少年時代には、何一つ明るい思い出は記録されていない。

メッセージ

甘やかせるだけ甘やかすことも子育てには大切だ

ら善がある

第六章

悪があるか

55

「人間というのは正しい人の堕落と恥辱を愛するものだから」

ロシアには、真の聖人の遺体は腐らないという伝説がある。ところが、物語ではアリョーシャが師とあがめるゾシマ長老の遺体が、ほかの誰よりも早く腐臭を発してしまう。この事実にアリョーシャは衝撃を受け、激しい信仰の揺らぎを経験する。「腐臭」の事実はたちまち市内に広まり、大きなスキャンダルの種となる。それにしても、人間はどうしてこうもスキャンダルが好きなのか。考えられる理由の一つは、バランスの要求である。私たち凡人は、正しい生き方をしているとされる人物を見ると、その人物が正義を独占していると感じ、ケチをつけたくなる。一種の妬みである。ドストエフスキー文学の凄さは、登場人物に対して一面的な性格づけを決して許さない絶妙のバランス感覚にあった。カラマーゾフの精神的支柱ともいうべきゾシマ長老といえど、その感覚の犠牲とならざるを得ない。そもそもドストエフスキー自身が、大のスキャンダル好きだった。

メッセージ

人がスキャンダル好きなのは堕落と恥辱を愛するからだ

56

「何しろ俺は死ぬまで汚らわしいままで生きたいのでね」

父

フョードルが、三男アリョーシャにしみじみと語りかけるセリフ。この言葉にも「カラマーゾフシチナ」が息づいている。カラマーゾフの教えとは、命あるかぎり、生き尽くせということだ。どんなに人に疎まれようと、フョードルのこの信念だけは揺らぐことがない。このひたすらな思い、ひたすらな願いは、時に動物的とさえ映る。しかし、それこそが人間的な生命力の証だと、「カラマーゾフ」は説いている。ここにはいささかの逆説もない。汚らわしさにまみれ、欲望にまみれて生き抜く中で、いよいよ生命の醍醐味は増し、真実の光は輝きはじめる。ドストエフスキーに言わせるなら、汚らわしく生きることもまた、大いなる知性の証なのだ。あのゾシマ長老ですら、若き日の乱行を経て、浄化の時の訪れを得た。作家の加賀乙彦は言う。ドストエフスキーの哲学は、親鸞の「悪人正機説」に深く通じると。「善人なおもて往生をとぐ、いわんや悪人をや」——。

メッセージ

欲望にまみれて生き抜く中で生命の醍醐味は増していく

57

「他人の手の中のパンはいつも大きく見えるものです」

人間は飽くことを知らぬ動物である。人は他人が欲しがるものを欲し、他人の不幸を見て喜ぶ。「隣の芝生」を羨ましげに鑑賞するだけならまだいい。現実にそれをわがものにしようと願った瞬間、悲劇は芽生える。カラマーゾフのリアルさは、人間の隠された欲望を白日の下に晒《さら》した点にある。酒と金だけに安住できないフョードル、婚約者との愛に満足できない長男ドミートリー。しかし、「隣の芝生」から見て、もっとも謎めいているのが次男イワンだ。表向きは知的なエリート青年だが、その実、建前と本音に引き裂かれて生きている男である。そんな彼の心の奥に潜む欲望を体現する人物が、スメルジャコフ。最終的にイワンは、みずからの不吉な欲望の前で挫折する。兄の恋人を奪おうとして破れ、カラマーゾフ家の遺産を独り占めしようとして破滅する。この強欲なイワンの本性を見抜き、彼が誰よりもカラマーゾフ家の主フョードルに似ていると喝破したのが、誰あろうスメルジャコフだった。

メッセージ

人間は飽くことを知らない。欲望や強欲は破滅をもたらす

58

「誰でも卑怯者にはなれますし
誰もが卑怯者なのかもしれない。
でも、泥棒には誰もが
なれるわけじゃない。 なれるのは、
卑怯者にドがつく人間だけです」

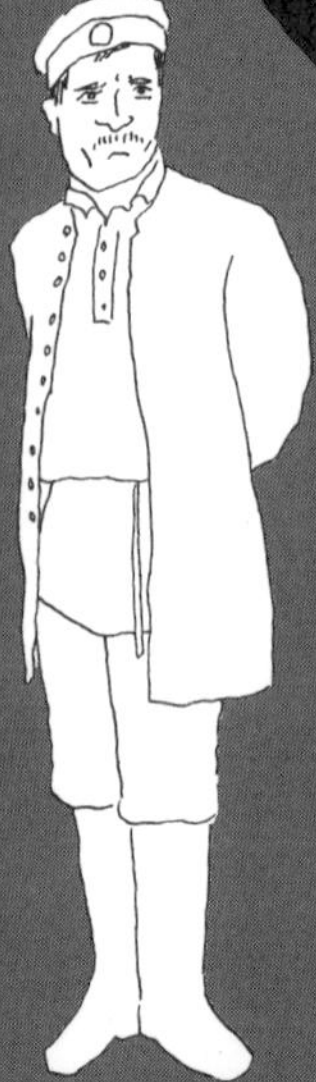

父

殺しの嫌疑をかけられたドミートリーが、法廷で発する抵抗のセリフ。問題は、彼がグルーシェニカとの豪遊に使ったお金の出どころだ。カテリーナから預かった大金をこの豪遊に使ったのではないか、との疑いをかけられている。しかし、たとえ「卑怯者」と後ろ指さされても、泥棒呼ばわりだけは絶対にさせない。この奇妙な執念、不可解なこだわりが、彼の運命を大きく変えていく。結局、彼は自分が決して盗みなどしない人間であることを証明しようと戦い、敗れ去る。下された判決は、シベリア流刑二十年。思うに、ドストエフスキーはこの「盗み」という行為に、何かしら極端に悪質なものを見ていた。「モーゼの十戒」に記されたタブーにも、「殺すなかれ」「姦淫するなかれ」と並んで、「盗むなかれ」がある。私たちは、「盗み」という行為を軽々しく考えがちだが、何かしらそこには謎に満ちた汚辱の深みが感じられる。泥棒は大悪のはじまりとでも言おうか。

メッセージ

誰もが卑怯者かもしれないが
泥棒は大悪のはじまりだ

人間の二重性を突いた見事なひとくだりである。人間のこうした悲しい業がはびこり、悲惨を極めた時代が、二十世紀にあった。スターリン時代のロシアであり、ポルポト政権時代のカンボジアである。歴史上、どれほど多くの優れた知識人が、時の権力に屈し、知人、友人を貶《おとし》めるために卑劣な行為に走ったことか。もっともこれは、私たちの日常生活にとっても決して無縁の事態ではない。中国の諺に、「小人、閑居して不善を為す」がある。英語圏ではこれを「怠け者の頭は悪魔の仕事場」と言う。小人とは、教養や徳をもたない人間の意味であり、いわゆる「君子」の反対語をなすが、問題はむしろこの「君子」のほうにある。自己犠牲を厭《いと》わぬ高邁《こうまい》な心をもつはずの人格者が、しばしば「スパイだの盗み聞き」といった小悪に手を染める。翻って私たちが生きる情報化社会は、卑劣な行為が生まれやすい危険な社会。それでも決して「悪魔の囁き」には耳を傾けてはならない。

メッセージ

怠け者の頭は悪魔の仕事場。悪魔の囁きに耳を傾けるな

59

「高潔な心、清い愛、完全な自己犠牲の心を抱いている人間が同時に汚らわしいスパイ行為や盗み聞きとなじんでいけるのである」

60

「人々はどんな学問、どんな利益をもってしても、恨みっこなしで財産や権利を分け合うことなど絶対にできません」

人間の欲望は、底なしである。とくにお金には、人と人の関係を根本から変えかねない恐ろしい魔力が潜む。「骨肉の争い」「お家騒動」などと言われ、昔から遺産相続に絡む悶着《もんちゃく》は絶えなかった。『カラマーゾフの兄弟』でも、登場人物たちのいろいろな思惑が絡み、ついに父殺しにまで発展する。そこで明らかになるのは、思いがけない無意識のドラマである。父親の財産に最もエゴイスティックにこだわっていたのが、一見、世俗的な関心から超然としていたかに見える次男イワンだった。実際の遺産相続では、互いに血を分けた兄弟だけでなく、伯父や叔母まで絡んでくるケースも少なくない。どんなに品格ある人も、財産をめぐる争いとなると目つきが変わってくる。遺産相続は、兄弟、姉妹のみならず、血を分けた者同士が初めて他者であることを認識する瞬間である。法にのっとり、遺産相続を無事解決できるかどうか。それこそ人間の品性に課せられた最大の試練と言ってもいいだろう。

メッセージ

人間の欲望は底なしである。
遺産相続は最大の試練

61

「いま能力のある
ほとんどすべての人が
滑稽になるのをひどく恐れ、
そのためにかえって
不幸になっているんですよ」

ナポレオン・ボナパルトに有名な一言がある。「荘厳さから滑稽さまでは、わずか一歩にすぎない」。誰だって他人の笑い者になりたくないし、できれば、格好良く振る舞いたい。しかし、なかなかそうはうまく運ばないのが世の習い。威厳たっぷりに振る舞ってきた人間が、ある日、突然、化けの皮をはがされ、見苦しい姿を曝すことがしばしばある。『カラマーゾフの兄弟』では、人に笑われることを極端に恐れる一人の少年が登場するが、アリョーシャは、この自意識過剰な少年に向かって、やんわりと説教する。滑稽を恐れるな、と。世の中を広く見渡せば、最後まで格好良く振る舞える人などごくわずかしかいない。かといって、格好良く振る舞った人だけがもてはやされるわけでもない。長い人生、時には自分をさらけ出し、ぶざまな振る舞いで失笑を買うのも悪くない。人から滑稽と見られたほうが、得な場合だって多々ある。なぜなら、人は基本的に、人の滑稽さを愛しているからだ。

メッセージ

失笑を買うのも悪くはない。人は人の滑稽さを愛している

62

「俺はな、この世にできるだけ
長生きする気でいるんだよ。
だから、一コペイカの小金だって
必要なんだ。長生きすりゃ
するだけ、金が必要になるからな」

当たり前なのに、やけに生々しく響く。カラマーゾフ家の主フョードルが殺された時、手元には十万ルーブルの現金が遺されていた。今日の貨幣価値でおよそ一億円。ちなみに、一ルーブルは百コペイカ。フョードルの「長生き願望」は、人間に共通する願いでもあるから、とくに非難するにあたらない。むしろ父親が貯めた金を子どもが当てにすることのほうがおかしい。しかし、親には子どもを産んだ責任があるし、養育する義務がある。その点、幼い頃から完全にほったらかされた子どもたちにも言い分はある。親の金を当てにしていない子どもでも、こんなえげつない言葉をじかに聞かされたら、たまったものではない。親への愛情など粉みじんに吹き飛んでしまうだろう。自分が稼いだ金を自分の「長生き」のために使い尽くす。なるほど、少子高齢化のこの時代、この言葉からは何やらやけにきな臭いリアリティが伝わってくる。

メッセージ

自分が稼いだ金をどう使うか。親には子を養育する義務もある

63

「人間というものは
ひざまずくべき相手を
常に求めている。
すべての人間が一斉に
膝を折ることができる、
そんな文句なしの相手だ」

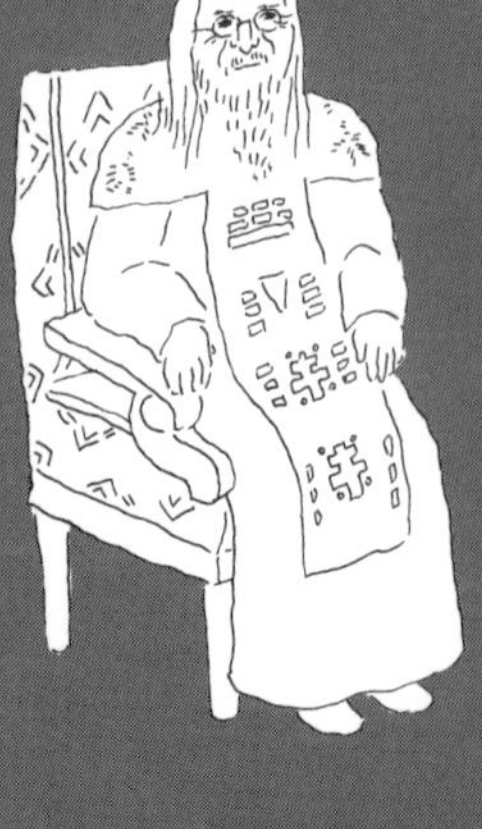

人間は、もともと一人では生きられない弱い生き物。だから、誰かに頼りたい、長いものに巻かれていたいと考える。ロシア人にとって、その長いもののシンボルが母なる大地である。長いものに巻かれている間、ロシアは様々な悲劇に遭遇した。真っ先に思い浮かぶのが、ロシア史最大の悲劇であるスターリン崇拝。そこで別の問いを立ててみる。そもそも「文句なしの相手」とはどんな人間を言うのか。自分を罪深いと感じている人間は、決して「文句なしの相手」にはなれない。「文句なしの相手」とは、たとえばアリョーシャのように、他人を疑うことを知らない人物、ないしは逆に、自分を疑うことを知らない悪魔的な資質を備えた人物である。どちらが強いかといえば、たぶん後者である。問題は、悪魔が時としてひどく穏やかな顔をしているという点だ。ひざまずくこと自体、決して悪いことではないが、ひざまずきながら、なおかつ上目遣いで相手の実像を見極めようとするしたたかさが必要だろう。

メッセージ

相手にひざまずきながらも上目遣いで実像を見極めよう

64

自分に嘘をつくとは、心にもないことを言ったり、心にもない行動をとったりする状態を言う。ではなぜ、そういう人間は腹を立てやすいのか？　おそらく本音と良心のジレンマに苦しめられているからだろう。いや、そうした人間の多くが、本音の中に嘘を潜ませている。カラマーゾフ家の主フョードルは、他人に気に入られたいばかりに道化的な言動を繰り返す。他人といっても相手は、だいたい自分の子どもたち。そんな父親をゾシマ長老は厳しく叱りつける。誤魔化しは誤魔化しを生み、嘘は、嘘を生む、と。嘘を抱える人間は、常に相手の顔色ばかりをうかがっている。もっとも、人間が嘘をつくというのは、概ねかなり特殊なケースである。虚言癖の持ち主ならいざしらず、人は好んで嘘をつくことはない。顧みるに、今日の情報化社会は、嘘の拡散が容易である。ただし、嘘が容易に見破られる監視社会でもある。

喜　怒　哀

「自分に嘘をつくものは
ほかの誰よりも腹を立てやすい。
何しろ腹を立てるというのは
時として大そう愉快なものですからね」

誤魔化しは誤魔化しを生み、
嘘は嘘を生むものだ

メッセージ

65

「本当にどんな人間でも
誰それは生きる資格があって、
誰それは生きる資格がないってことを
自分以外の人間について
決める権利があるんですか？」

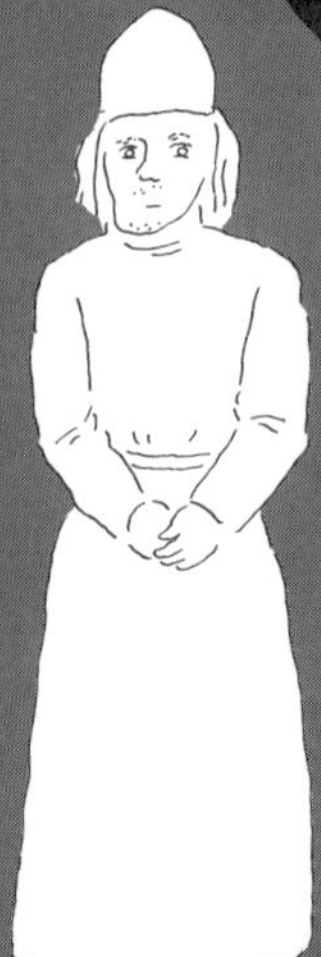

力

ラマーゾフ家の広間で、アリョーシャが兄イワンに向かってこう問いかける。ドストエフスキーの作品では、かなり一貫した問題意識である。そしてこの問いに対し、彼は答える。人間に人間を裁くことはできない、と。もっともこれはキリスト教の基本であり、犯すべからざる掟でもある。ところが、そんな掟など歯牙にもかけない人間がしばしば彼の作品に登場する。『罪と罰』のラスコーリニコフが好例だ。目的は手段を正当化する。つまり、目的さえ叶えば、凡人の権利など踏みにじっても構わないと考えるエリート主義者。思い上がりも甚だしいが、どんな社会でも、権力を握った者はしばしばそんな思考回路に陥りがちだ。他方、概して弱者とみなされている人々の中にも、そうした思考法に陥る人間がいる。なぜならそうした彼らの生きる道とは、自分がいずれ強者になるか、その強者を否定する側に立つか、いずれかだからである。傲慢とは、自分と他者の関係が見えなくなる状態を意味する。

メッセージ

傲慢とは自分と他者の関係が見えなくなる状態を意味する

66

「美の中じゃ悪魔と神が戦っていて、その戦場が人間の心ってことになる」

カラマーゾフに登場する二タイプの女性、カテリーナとグルーシェニカを日本の女優が演じるとしたら、誰がふさわしいか。好奇心にかられ、「日本の女優」をウェブで画像検索してみた。しばし目眩《めまい》がした。不思議なことにほとんど全員がカテリーナタイプである。敢えて選ぶとしたら、黒木瞳、中山美穂、仲間由紀恵、尾野真千子あたりか。では、グルーシェニカタイプは？　最近、名古屋の講演会で、百人近い受講者に質問してみた。すると圧倒的に太地喜和子を推す声が強い。しかし、いかにも古く、今の若者には通じない。現代では、北川景子、沢尻エリカといったところか。グルーシェニカはまさに、悪魔と神が戦って作り上げたような女性である。何に魅力を感じるかは人それぞれの好みだが、人間の魂を鷲づかみするような美は、常にデモーニッシュな何かを秘める。日本の女優からそれを感じられないとしたら、むしろ私たち男性の側に見る目がないのかもしれない。

メッセージ

魂を鷲づかみにする美とは
デモーニッシュなものだ

おわりに

今から八年前、『カラマーゾフの兄弟』の翻訳に挑んだ私は、得も言われぬ喜びの中で最後の一行を訳し終えた。

「カラマーゾフ万歳！」

喜びは、それから一月後に現れる。全国津々浦々から届いた手紙の山がそれだ。天国にいるドストエフスキーに、そのまま転送したいと思ったほど幸せだった。手紙ばかりではない。折に触れて出会った大企業のトップたちからも、思わぬ励ましを受けた。

「ついに私もカラマーゾフ、読みましたよ！」

この一言には、いつもの自信に満ちた立ち居振る舞いに似合わぬ、人間的なはにかみが感じられた。彼らによると、国際ビジネスの舞台から国内の小さな企業の仕事仲間に至るまで、「カラマーゾフを読んでいる」という事実が、時として互いの信頼の証となることがあるそうだ。

何よりこの超大作を読み切ったという事実そのものが、忍耐力や持久力の証でもある。何かを達成した者同士の間には、特別な信頼や友情が醸成されてもおかしくはない。

カラマーゾフを知ることが成功へのパスポート

小説『カラマーゾフの兄弟』を読破してほしいというのが、本来の私の願いではある。だが、簡単なことではない。時間もエネルギーも要する。だから私はそのエッセンスを伝える試みとして、本書を著した。ちなみに66という数字は、近々66歳を迎える私の個人的なこだわりである。思うに、予測不可能なグローバル時代に生き、そこで働き、成功するための処方箋はない。しかし、人間の心のメカニズムに重ねて、社会の様々な現象を洞察できる能力こそ、成功の鍵だと考える。その心がカラマーゾフから学べるのだ。

人生、四十歳までは、学歴や偏差値で何とか凌いでいける。けれど、「不惑」の年齢に入ったなら、すべては一からのスタートだ。知性と教養が問われる時が必ずやってくる。

改めて言おう。たとえ今はそうでなくても、すべてのビジネスパーソンはグローバルな舞台で活躍できる可能性を秘めている。その時、カラマーゾフを知っている、という事実ほど、成功を約束する価値あるパスポートはない。心優しいグローバル職業人たれ！

二〇一四年師走　名古屋にて　亀山郁夫

亀山郁夫◉1949年栃木県生まれ。名古屋外国語大学学長。東京外国語大学ロシア語学科卒業、東京大学大学院中退。前東京外国語大学学長。専門はロシア文化、ロシア文学。主な著書に『破滅のマヤコフスキー』(木村彰一賞)、『磔のロシア』(大佛次郎賞)、『謎とき「悪霊」』(読売文学賞)、主な訳書に『カラマーゾフの兄弟』(毎日出版文化賞)、『罪と罰』『悪霊』など。

イラスト/なかむらるみ

デザイン/ Kumagai Graphix+ケンジ・クマガイ+道家麻衣子

そうか、君はカラマーゾフを読んだのか。
仕事も人生も成功するドストエフスキー66のメッセージ

2014年12月17日　初版　第1刷　発行

著者　亀山郁夫

発行者　水野麻紀子

発行所　株式会社小学館

〒101-8001

東京都千代田区一ツ橋2-3-1

編集　03-3230-5931

販売　03-5281-3555

印刷所　大日本印刷株式会社

製本所　牧製本印刷株式会社

 ISBN978-4-09-346086-6